前 言

在现今的美术高考中，把石膏像直接作为考试命题已经不多见了，但这并不说明石膏像的作用也随之消退，把石膏五官及半面像列入人物画基础训练的内容，自有它的现实意义。

从两个方面看它的优越性，一是静止不动的石膏道具，可以让我们静下心来慢慢地、仔细地研究人物由内到外的结构联系和形体特征，避免了真人写生时多变的外在因素干扰，显出学习的高效率来。二是石膏质感具有独特的视觉美感，尤其在不同外光的作用下，产生出丰富的色调变化及形体变化。五官作为人物面部最丰富最主要的部分，是研究人物头像的侧重点，在一定的素描关系下来表现人物精神内涵的特质，就离不开对五官的深入研究，所以对石膏面像以及石膏五官的研习，是很重要的人物画训练内容。

如何学习，以及应注意的问题。

学习时应学会自查，找到自己问题的关键：

1.“画得要具体，看得要整体，应照顾到形象的全部”，否则容易画得支离分散，各部分不紧凑。很多习画者进步慢的原因，就是只画细节，不太注意培养去看的习惯，从而缺少了自我修正的环节，使画的过程成了简单堆砌细节的过程，缺乏主动掌控自己画面效果的意识。

2. 先自己弄明白结构，才可能画得清楚，看画的人才会看得明白。如果自己对结构了解得似是而非，相信观众看画时也会迷惑。通过画画去了解结构，有一个较长的过程，如果能抓住问题的关键，则可以尽快缩短这个过程，这是一个简单的因果道理。

3.当自己感觉不容易直接画准对象复杂的形体关系时，不妨先简化它，即用概括和归纳的办法，找到大概形体特点，依照这些松动的形，找到更细小的形，慢慢贴近对象。这是学习中的迂回策略，也叫作画步骤。步骤可以帮助你避免作画时出错太多太大而损伤自信心。

4.对形感觉不好的问题，可能是形象的特征画得不明确，也可能是对称关系不对。

色调混乱的问题，可能是明、暗、灰面的归纳不清晰，也可能是整幅画黑、白、灰的比例和分布不合理，还可能是对比的次序感不好。

物体体积感不强，很可能是没有明确好表示厚度或高度的面（色调），或者厚度或高度表达不准确，多半是画薄了。

画面平淡、呆板，可能是缺乏对比。办法是：拉开前后关系、主次关系，营造虚实效果，也就会有变化丰富的效果。

5.抓结构形，多留意结构外形特点（可以用某个几何形概括归纳），以及结构间的交接细节。人物头部的结构线往往是凹下的地方，而表现结构体积感的关键是找凸起的位置。

6.衡量画面水平的标准是“准确性”，在外形特征、体积感、明暗色调关系、空间层次关系等各方面都力求准确，越准确、合理，画面效果就越好。

石膏五官的画法

不同角度眼睛的画法

1

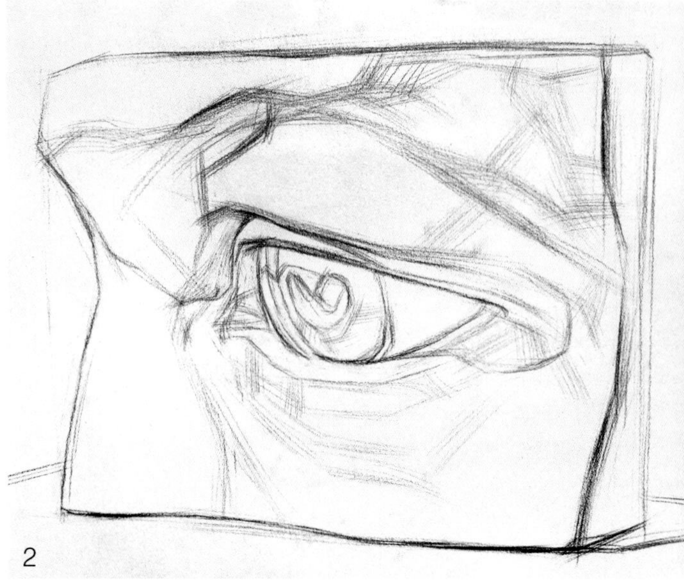

2

3

1. 找出大的比例关系，可以将复杂的形体归纳成几何特征：从外轮廓到内部结构基本形，以后的步骤进行起来，就会心里有底。

2. 由于眼皮的覆盖，使我们常常忘记其内眼球的存在，影响了观察者的判断，误认为眼睛是杏仁形状。所以眼睛常常被画得孤立而单薄。

3. 画出大的明暗关系。眼皮有厚度，在不同的部位还有厚度的变化。双眼皮也不例外。

4. 细致的上下眼眶的弧度，以及遮住眼珠的多或少，能表现出眼睛的情绪。

刻画形体，注意处理大的形体关系。

投影的轮廓变化，可以表现出形体的起状变化。

眼球被眼皮包裹，所形成的眼睛外形能反映出人的情绪。

眼皮有厚度上的变化，双眼皮也不例外。

注意找到“眼球”的轮廓。

上眼皮的中间部位是对比最强的部位，它可以突出眼球的体积和画面空间感。形体大的结构部位，塑造的线条相应地可以长些，反之则短。

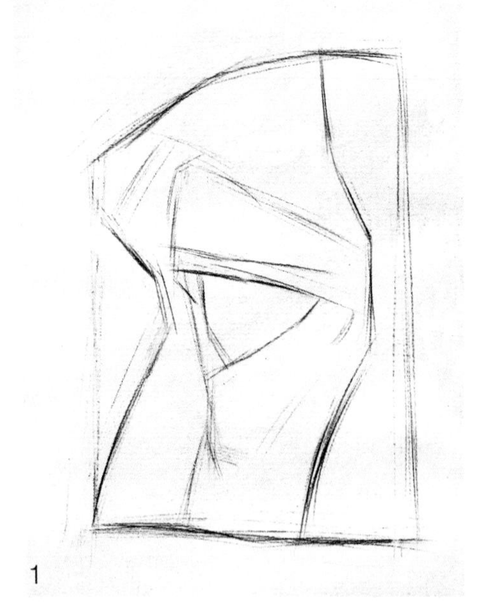
1

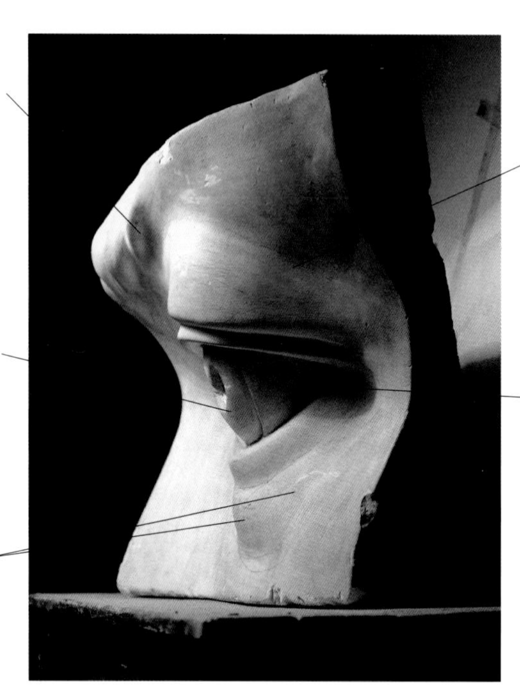

确定大关系时，某些线的斜度一开始就应该画准确，避免以后反复修改。

在观察时，要找到内眼角的位置，有助于画准外眼角。

明度对比虽弱，但结构关系很重要，需要找准。

眼球与眉弓的结构分界线微妙但很清晰。

侧面的眼睛轮廓看起来像“三角形”。

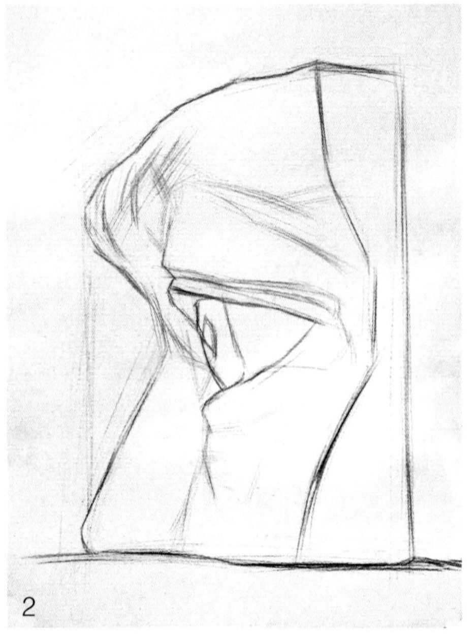
2

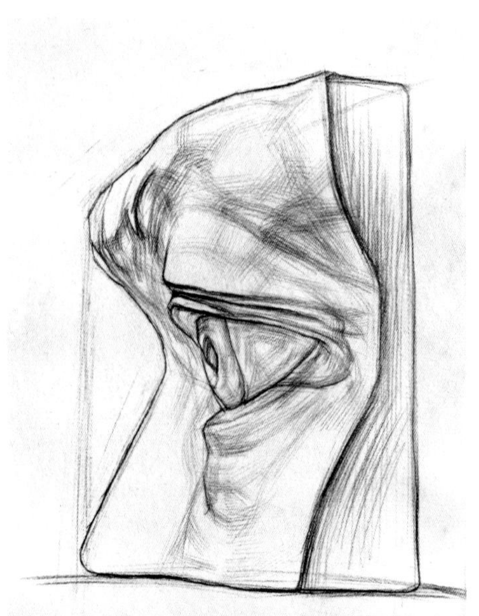
3

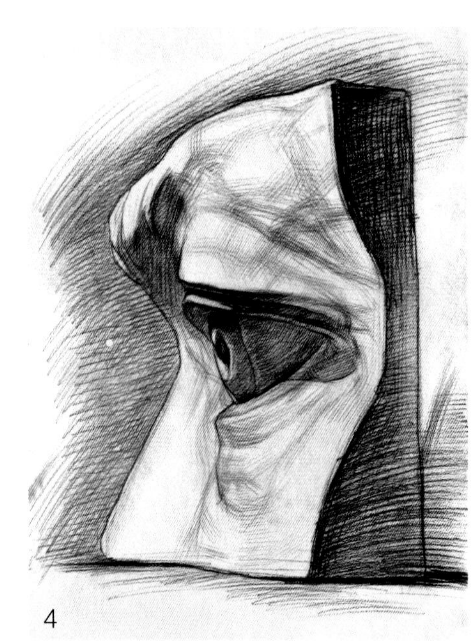
4

1. 眼睛是面部表达情感最重要的器官。所以，利用眼睛的表现可以使人物生动传神。

2. 注意眼球外形，以及它与周围其他结构（如：眉弓、颧骨、鼻梁）的连接特点；注意凸起的表现，就能形、体兼顾，画好眼睛。

3. 上下眼皮像两扇门，弄清它们在眼角的连接点，形体会显出合理的构造逻辑。

4. 内外眼角的高低关系能说明眼睛的透视关系和头部动态的特点。

5. 侧面的角度需要把空间拉开，否则形象容易画得单薄。尤其要将鼻梁的空间位置推远。

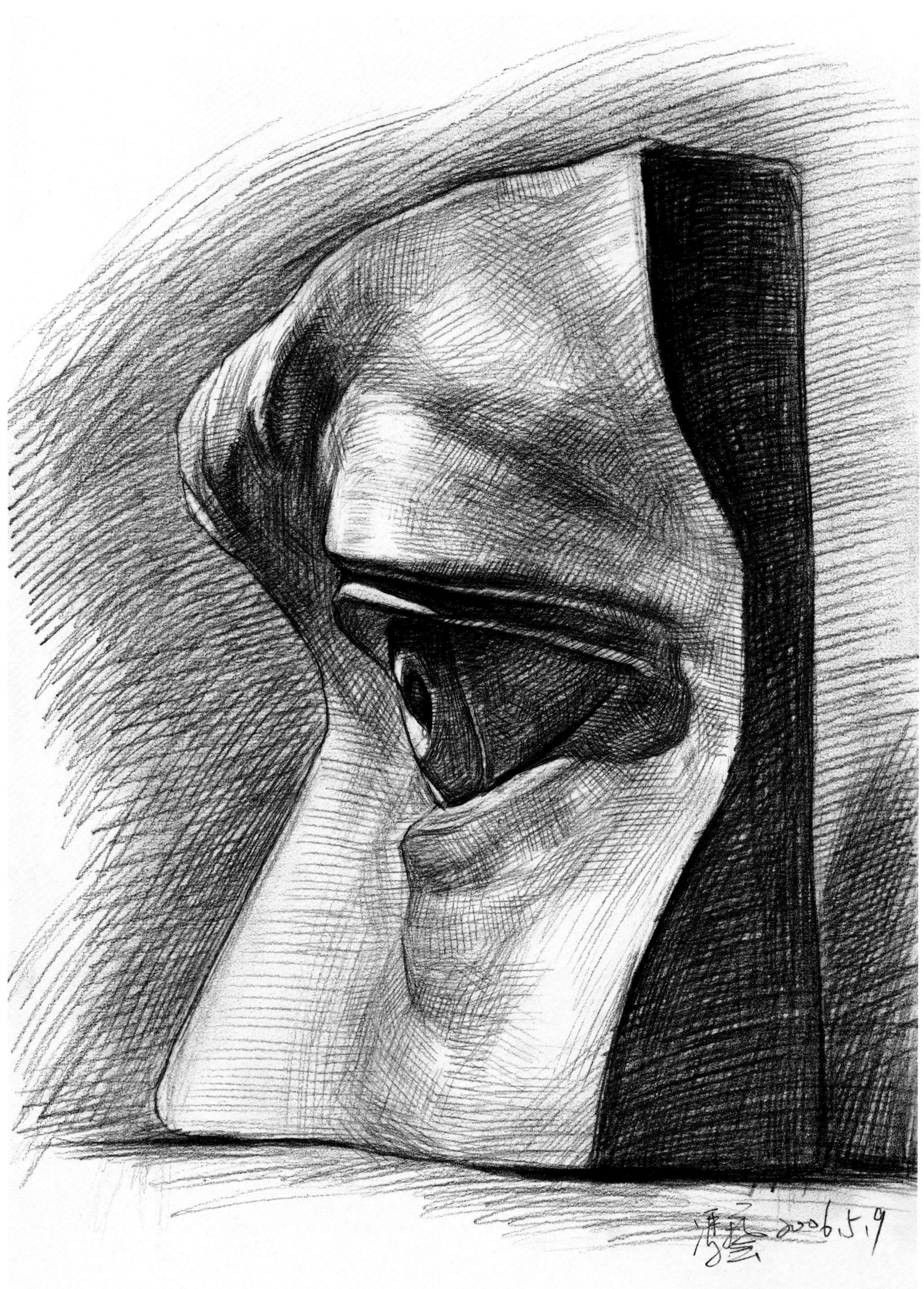

不同角度眼睛的画法

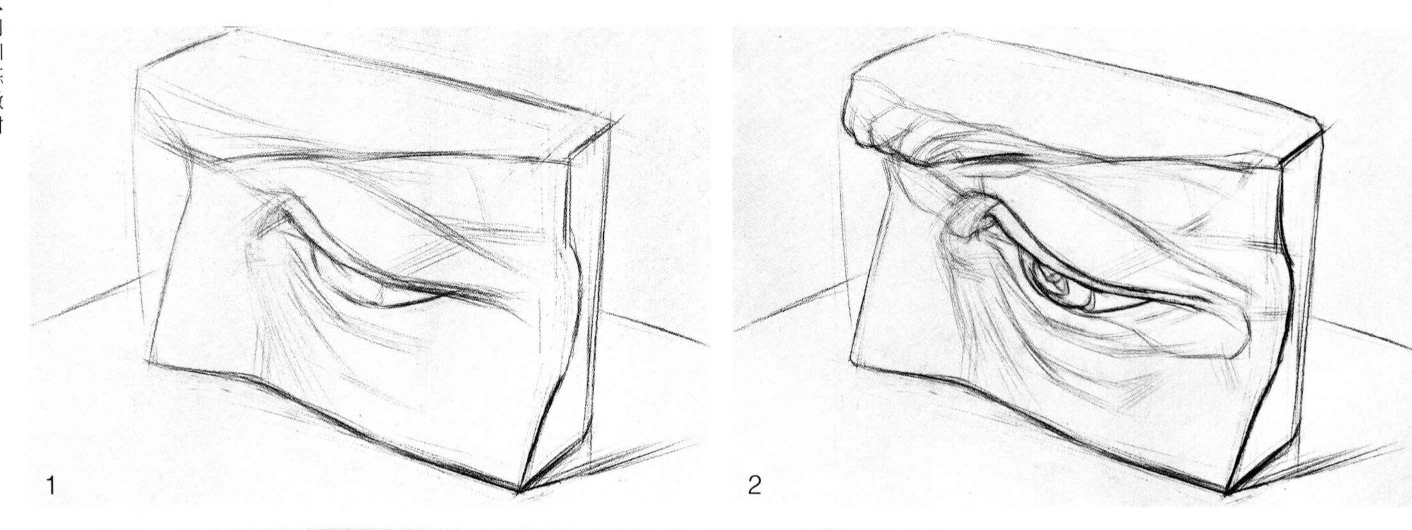
1　2

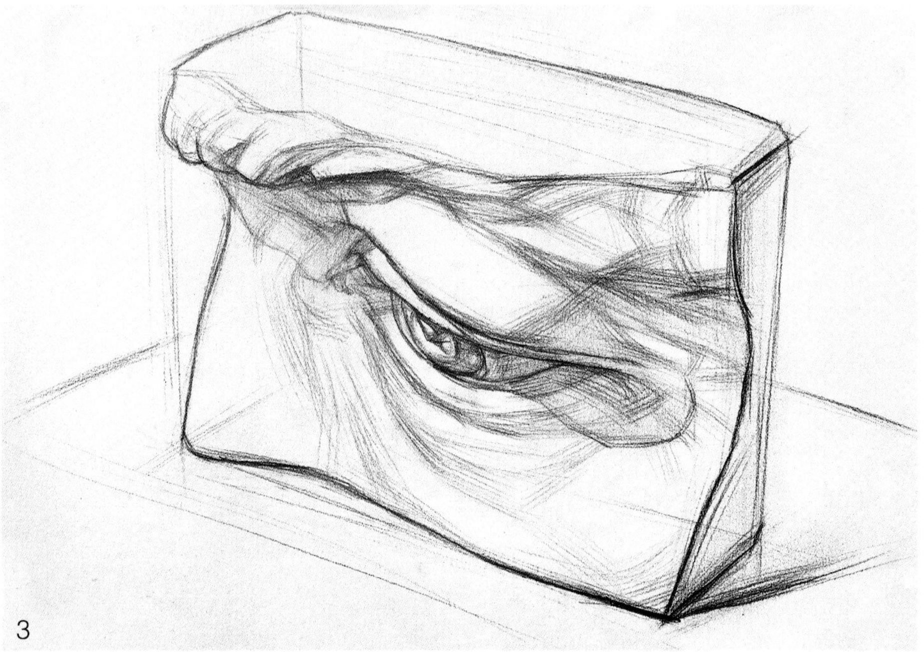
3

4

1. 从整体到局部地熟悉对象的比例，不断目测高度和宽度的比例感觉。

2. 俯视的眼睛，它的弧形轮廓和平视不一样，和仰视的正好相反。

3. 如果明暗交接线的对比不加强（特别是暗面面积没有亮面大的时候），待深入后，明暗效果就会削弱。

4. 在区分了亮、暗、灰三块面的基础上，需要用线条的方向来表现结构准确的起伏关系。

5. 对象俯视的角度，在形体塑造时需要表现前后关系。

俯视情况下，顶面变宽了，立面相应地变窄了。

可以试着与其它俯视的圆柱体比较它的轮廓线，与仰视的有什么不同。

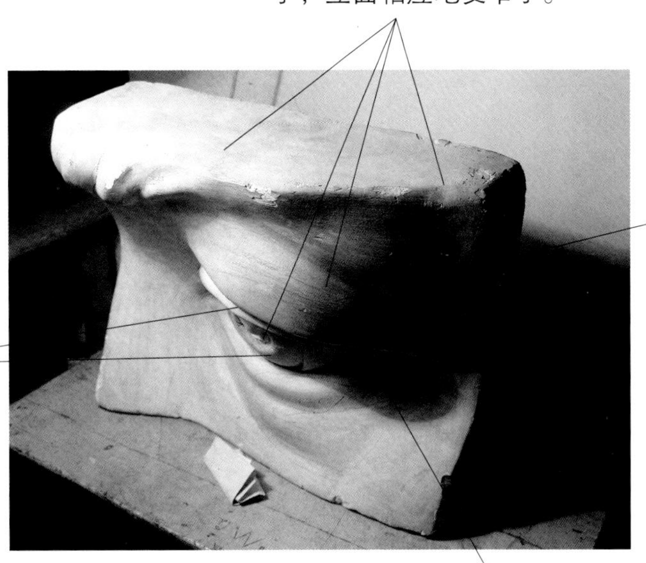

其体积的特征像半掩在地下的西瓜，呈半球体。

分析其上、下眼纹的穿插关系。

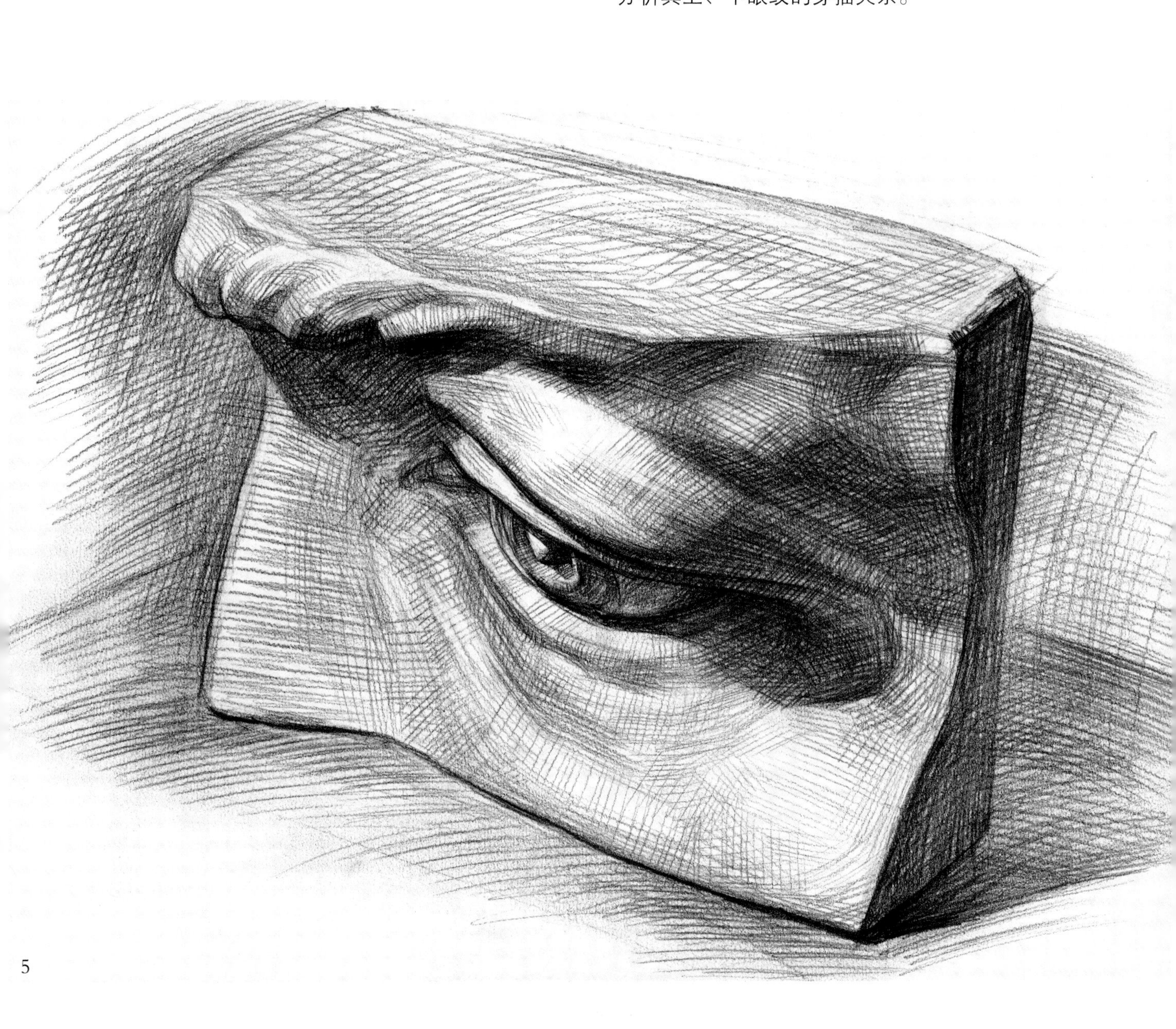

不同角度嘴的画法

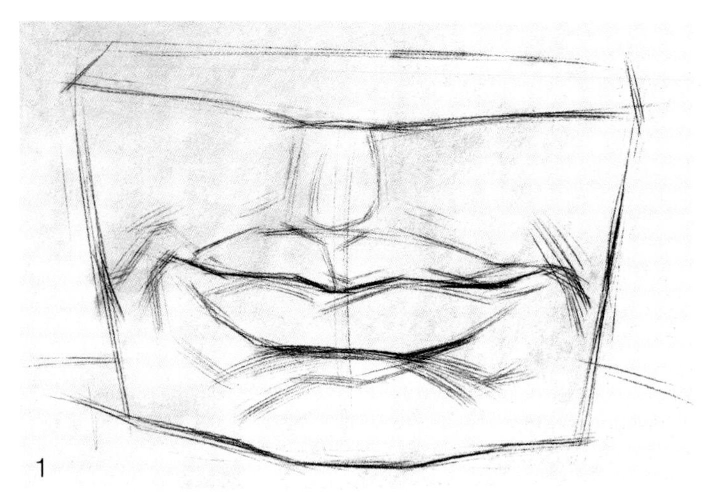

1. 嘴的结构，直觉上是由上、下两片嘴唇构成。

2. 人中、口轮匝肌、下唇方肌是嘴的整体组成部分，嘴的结构常常被初学者误解为只是两片嘴唇，容易画得单薄和简单。

3. 画好嘴巴，同样也要注意它与周边结构的连接处的特征，如鼻子、下巴、上唇方肌等。

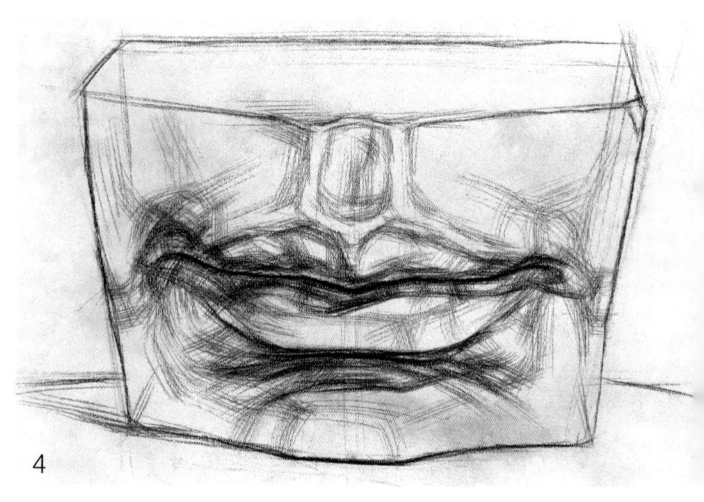

4. 画真人时，高光和反光可以强化嘴唇的质感，以及体积关系。

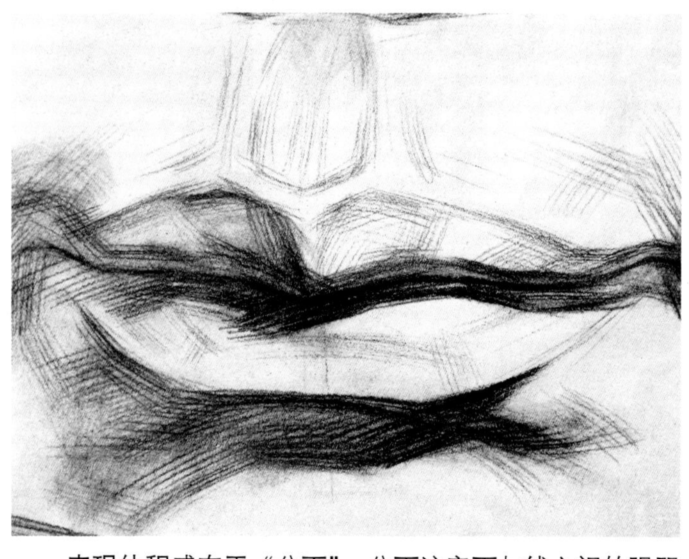

表现体积感在于“分面”，分面注意面与线之间的强弱次序感。

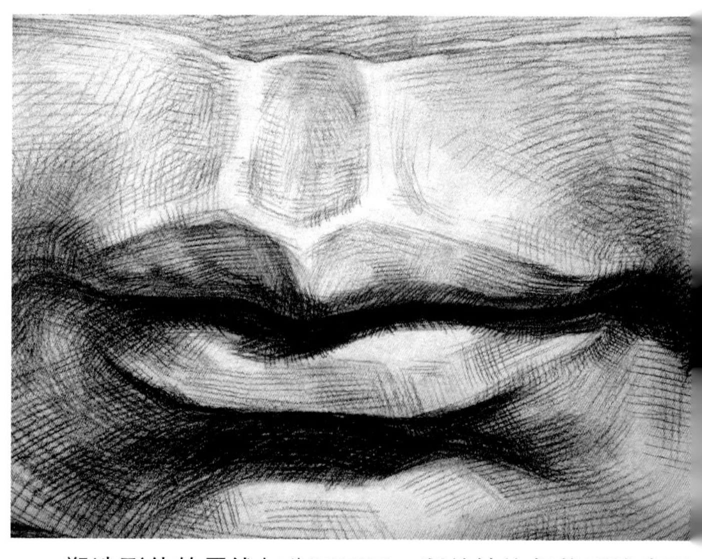

塑造形体的用线与分面不同，顺着结构起伏用线表现结构的高低变化。

注意人中与嘴唇的具体连接。

塑造嘴唇，要注意高低关系，特别是凸起的表现，否则容易画平。

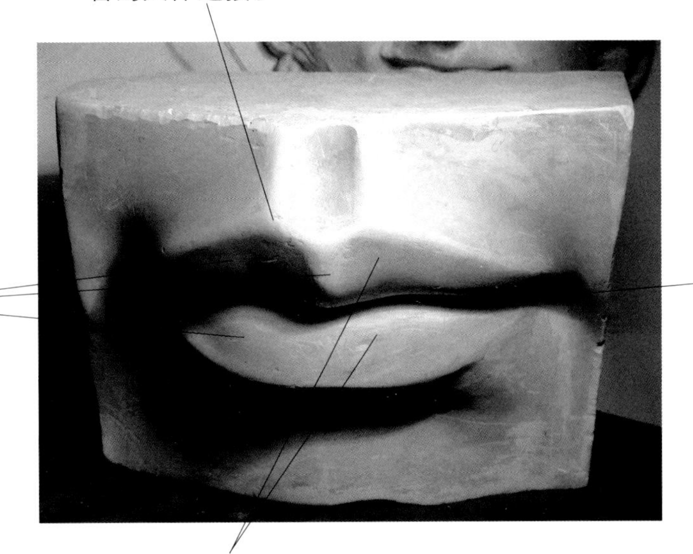

嘴角往往能表现出人的情绪。

嘴，不仅仅指两片嘴唇，还包括口轮匝肌和下唇方肌。

5. 形体色调的分布：正面是灰面，右侧面是亮面，左侧面是暗面，底面是暗面，顶面是亮面。

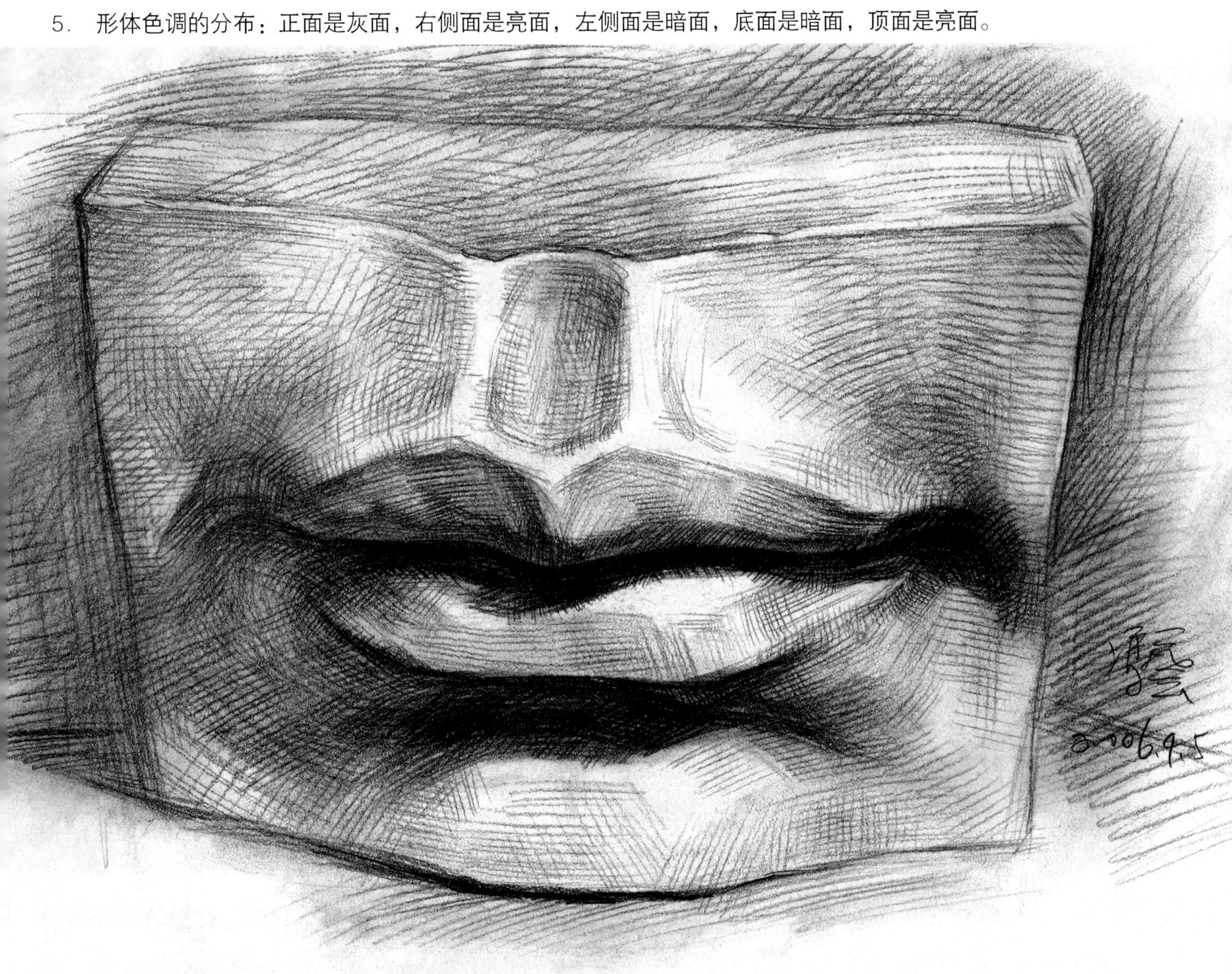

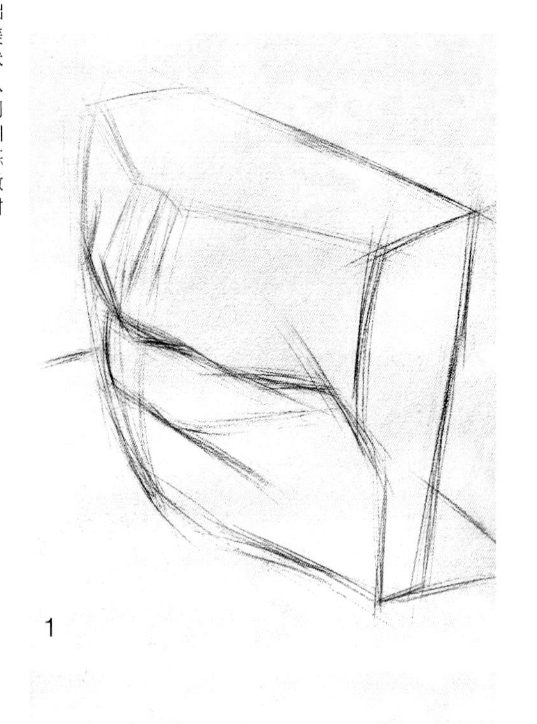

1

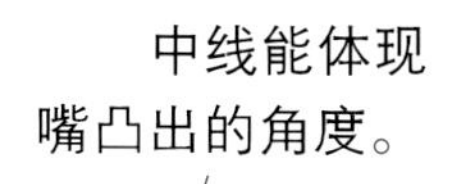

中线能体现
嘴凸出的角度。

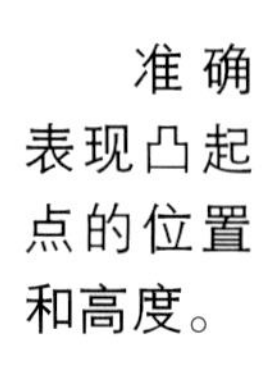

准确
表现凸起
点的位置
和高度。

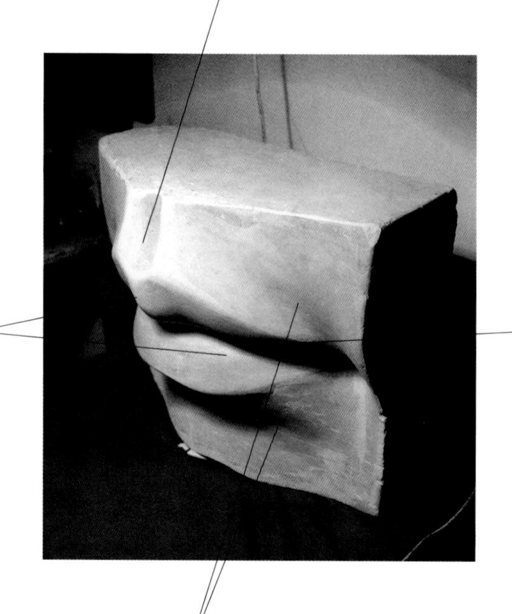

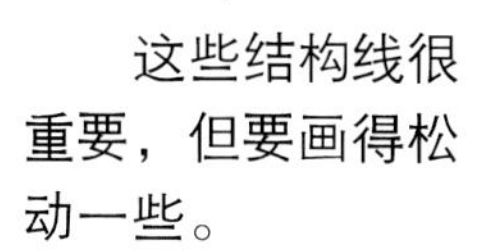

的弧度，反映
出侧俯视的
透视关系。

这些结构线很
重要，但要画得松
动一些。

2

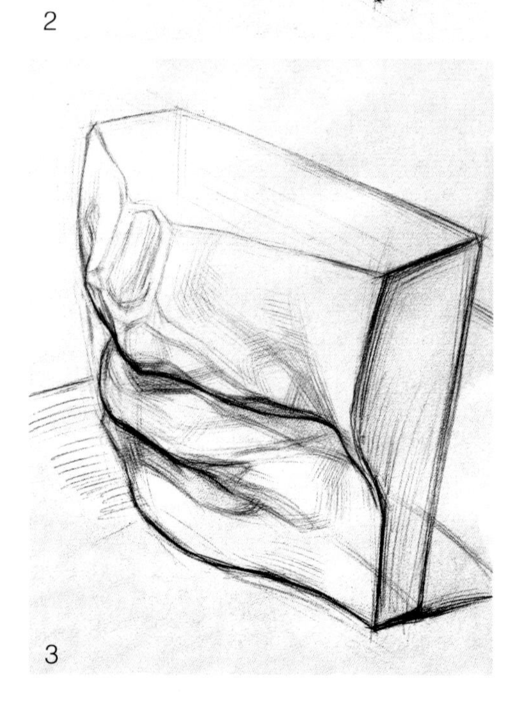

3

4

1. 上宽下窄、顶面稍宽，这是俯视的特点。

2. 口中线的向下弧度是俯视嘴唇的透视线，唇线的起伏能反映出相应的凸凹体积变化。

3. 暗面的面积不大，所以要强化明度对比使画面显得清晰、精神。

4. 塑造阶段，用较短的线条“抚摸”结构起伏变化。会有“贴切”感。亮面用线要轻、淡，保持亮面的色调统一。

5. 虽是侧视角度，但画面的重点是中线部分，而不是靠近嘴角部分。

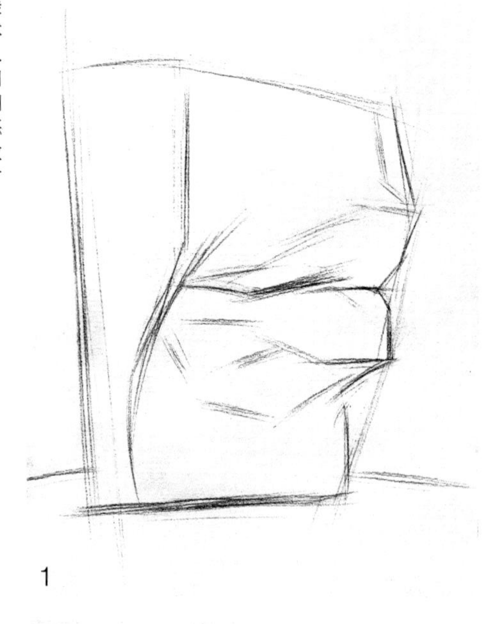
1

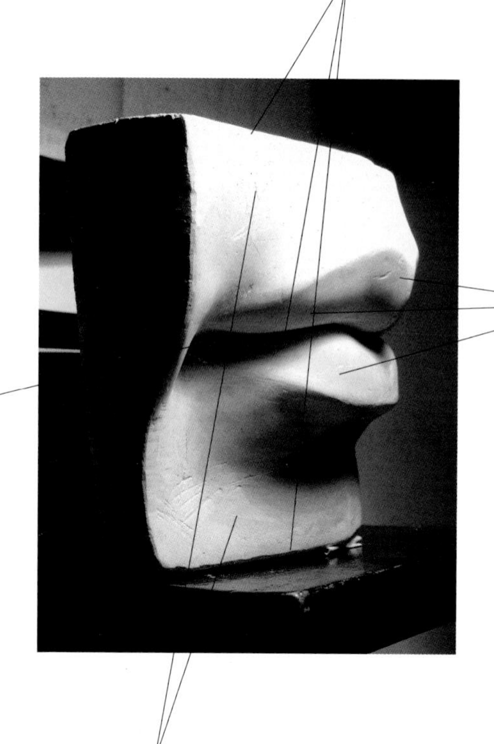
这三根线
体现了视角。
凸起点
要抓住。
嘴角带
有笑意。

当对象的色调没有体现出形体变化时，不要依赖眼睛去照抄，应该调整观察方式，“不看色调深浅，只看高低起伏”。

2

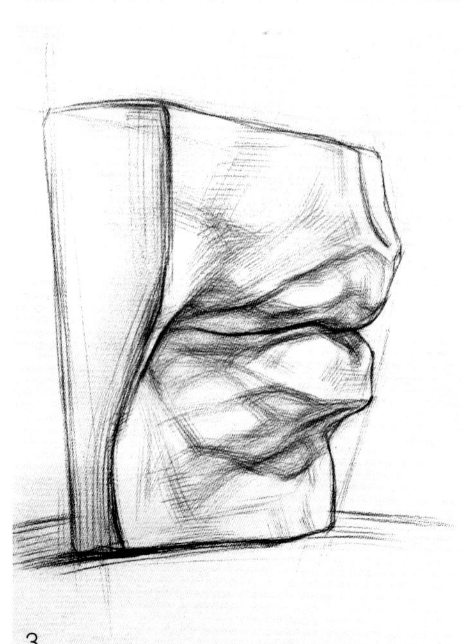
3

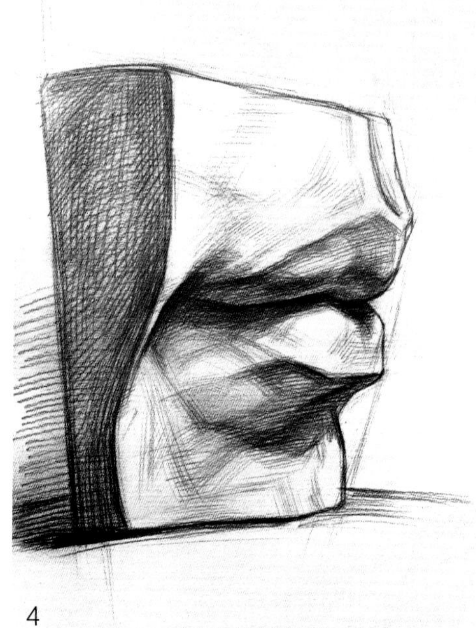
4

1. 除吃饭的实用功能外，嘴也是表现人的情绪、情感的重要器官，是作画中应该好好利用的因素。

2. 与眼睛相似，半球体的外部体积特征，则是由于我们不常看到的牙齿在内部支撑的结果。

3. 如果从各角度看，两片嘴唇并不单薄，上下、左右都有起伏变化。

4. 表情变化往往源自嘴角。嘴唇的轮廓线，也不像初学者想象的简单、单薄，仔细观察就会发现其微妙变化，有方也有圆。

5. 把整个嘴当作半球体看，但是可以通过具体塑造的过程来完成它。

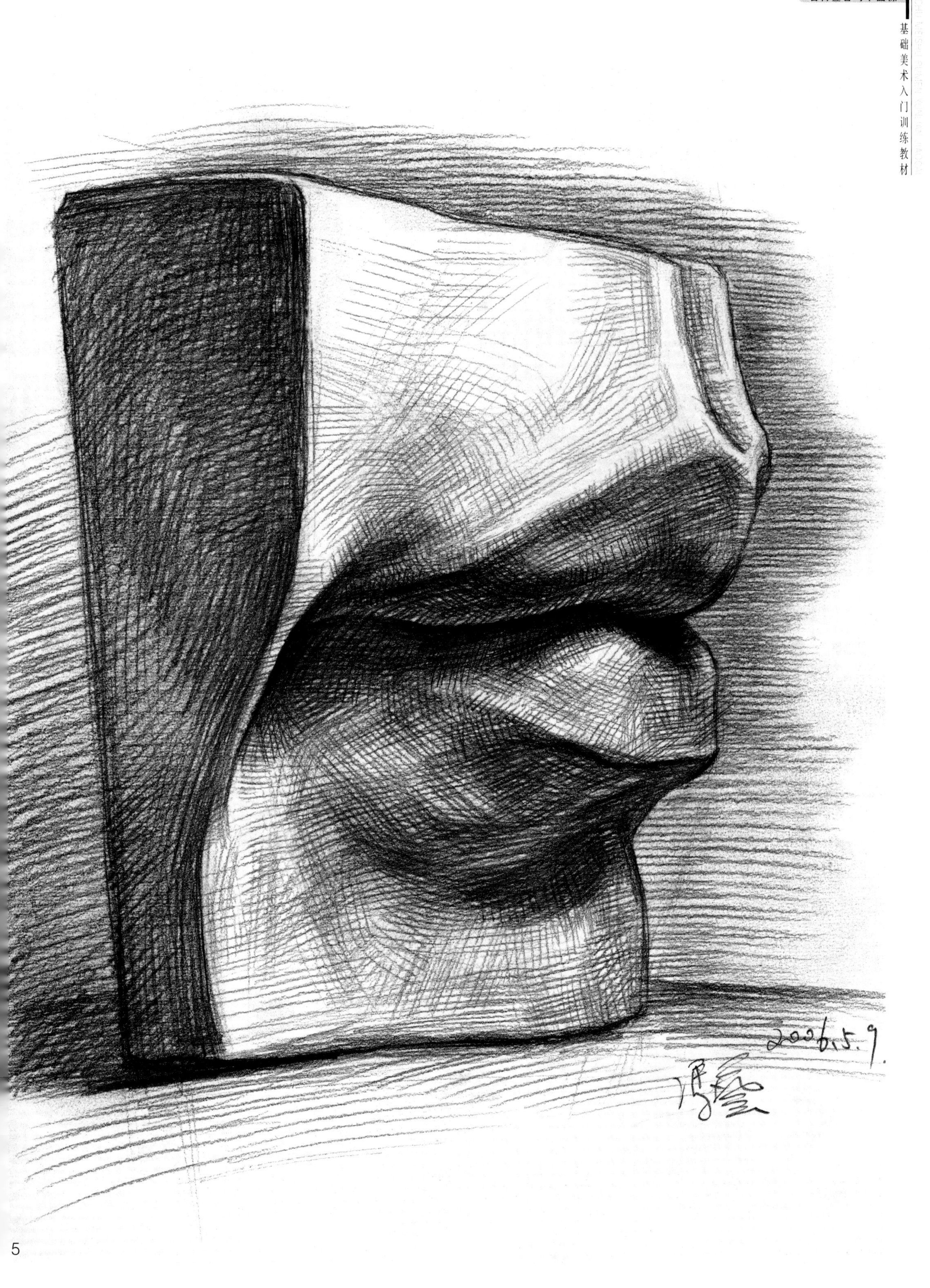
2006.5.9.

不同角度鼻子的画法

1

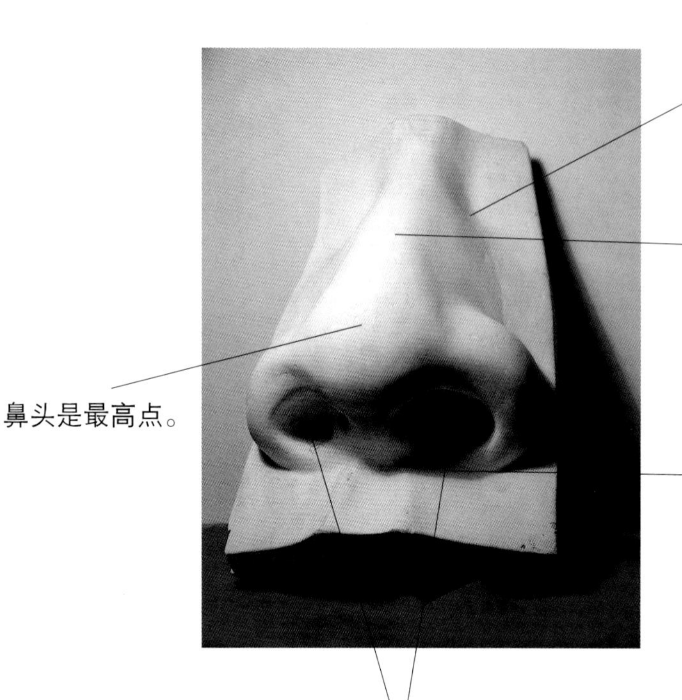

注意鼻梁与颧骨的交接处的形体变化。

中线的曲折变化可以告诉我们鼻子高度的变化。

鼻头是最高点。

这根透视线很重要。

鼻孔应该藏在暗面的色调里，不要把它画得“跳”到前面。

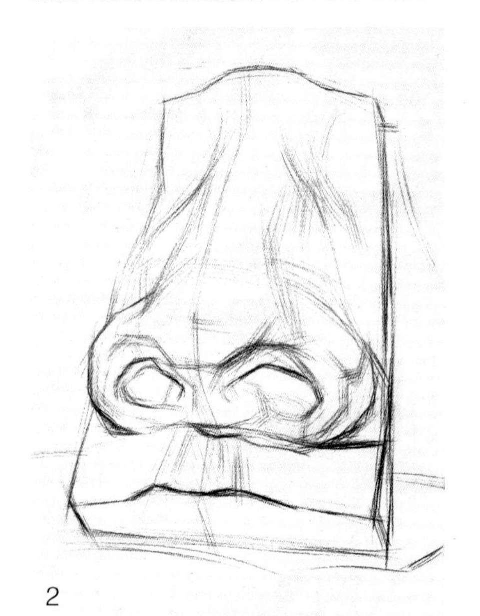

2

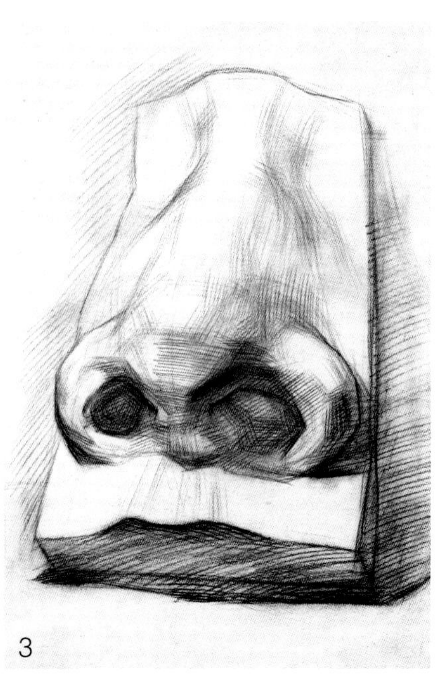

3

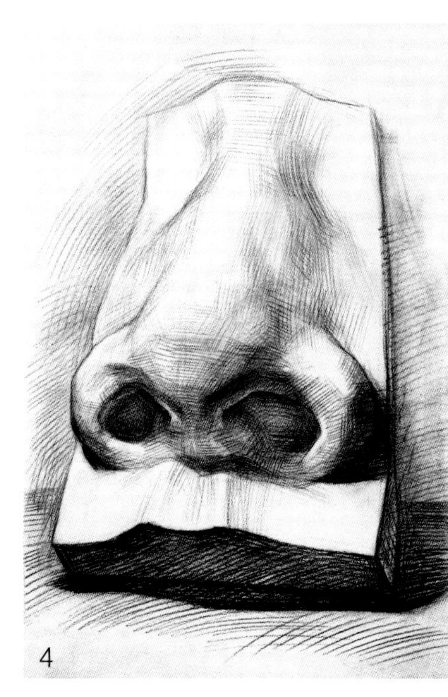

4

1. 鼻子由四部分组成：鼻头、鼻梁和鼻头两边的鼻翼。

2. 两边鼻翼的高低变化，以及鼻翼和鼻中膈形成的弧度，是透视关系的关键。在仰视、俯视或人物头部产生动态时，利用鼻底的这种关系容易画准形。

3. 初学者对某些骨感不强的鼻梁常常缺乏“面”的观察，所以画起来总是缺少力法。特别是在平光下，如果不进行主观的面化处理，鼻梁很难显出高度来。

4. 初学者常对鼻孔留意，如果不注意用明暗色调来归纳统一，鼻孔容易被画得太突出而缺乏统一。

5. 整个鼻子是斜对着我们的，也就提醒我们要注意前后空间纵深感的表现。

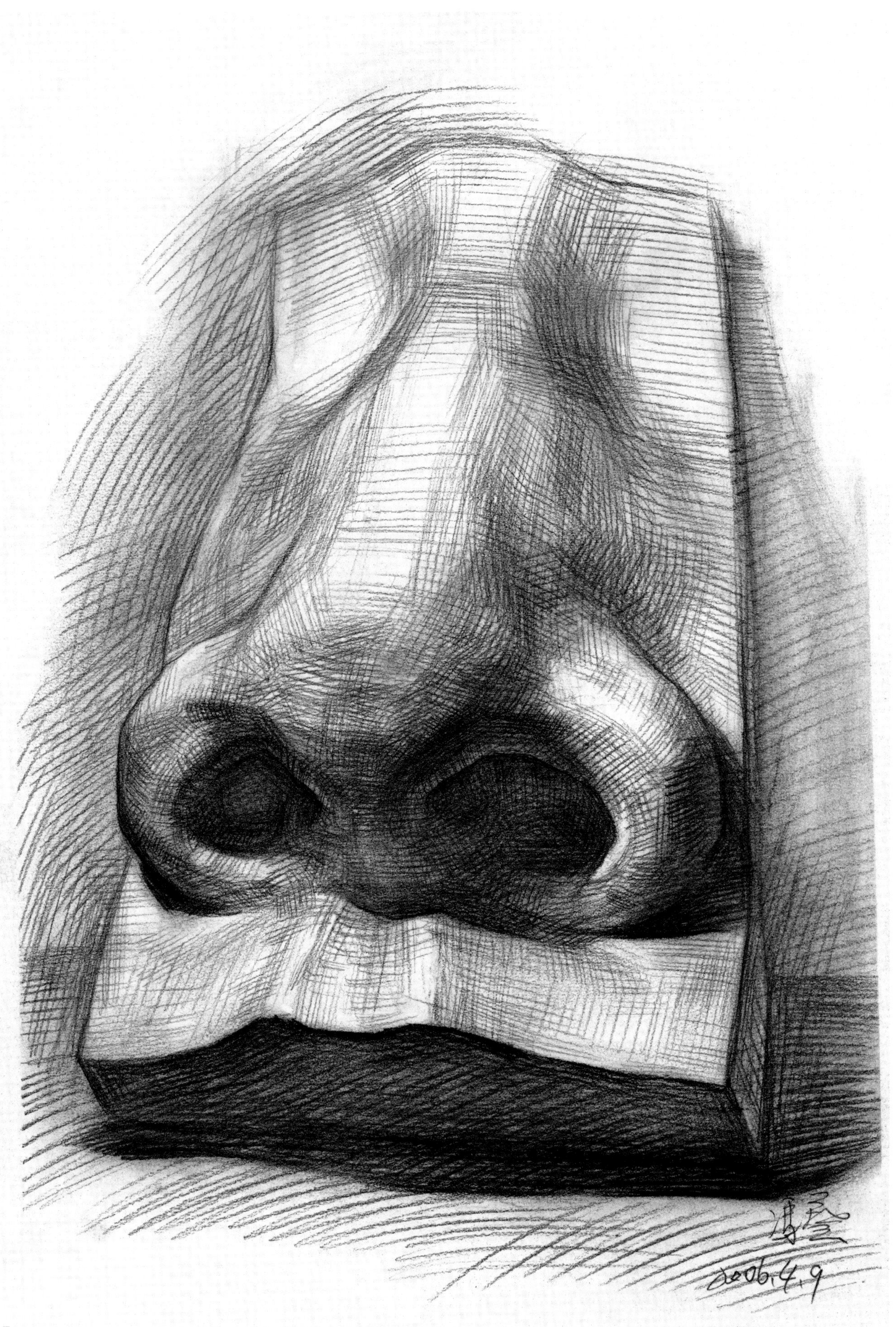

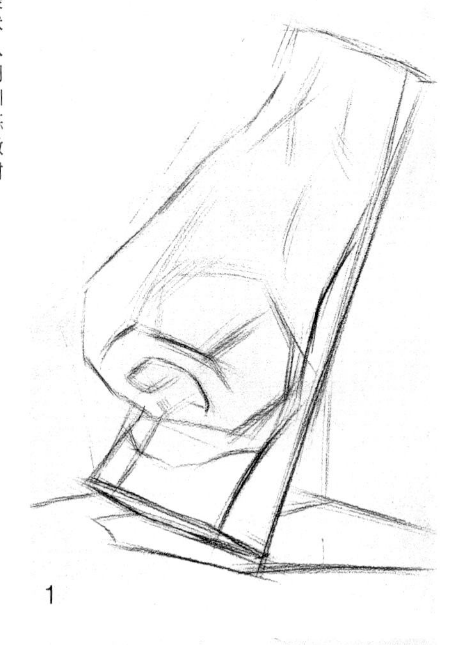
1

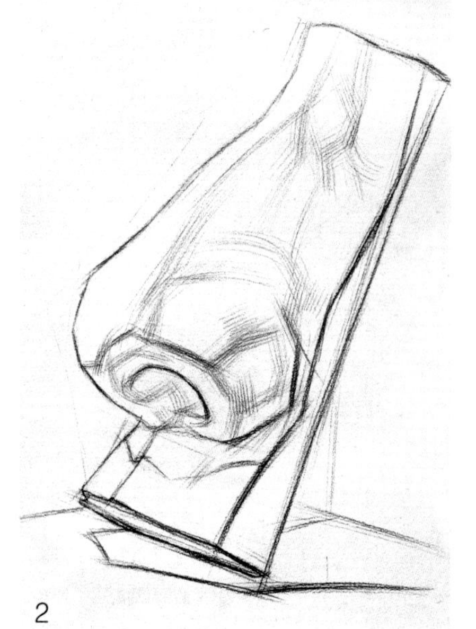
2

不要依赖眼睛去抄色调，有时暧昧的色调没有反映出结构的体积，要警惕，应该去感觉起伏的变化。

分析光源的方向，找到对象对光、顺光、背光的关系，用黑、白、灰色调来归纳转折面。

从鼻头到鼻翼，再到鼻根部的过程像是下台阶，这些转折面的方向感也就是体积感，体现了鼻子侧面的高度。

鼻底的高度（从鼻头到人中的高度）就是鼻子的高度。

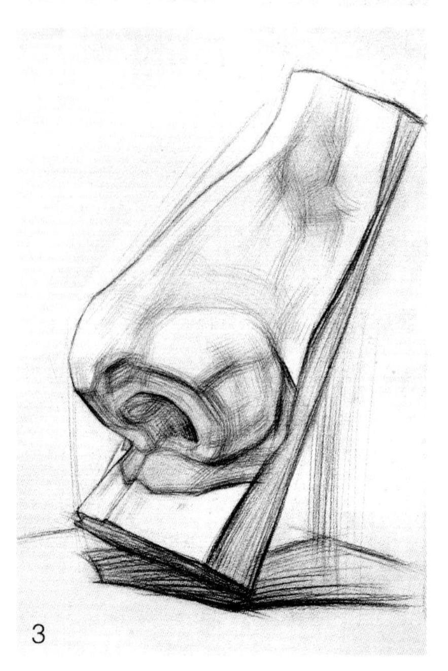
3

4

1. 鼻子是人的面部体积感最强的器官，所以“面”的感觉也最强。

2. 捕捉其结构形时，同样要注意它与周围的眼球、上唇方肌和嘴巴的连接特征。

3. 画的时候，分析鼻子各部位与光源的角度，就可以判断出色调的归属（亮面、灰面、暗面）。

4. 视觉中心往往在鼻翼与鼻头的连接部位，所以这里也是表现的重点，因为它是制高点。

5. 大鼻子的侧面是难点，因为它的面积较大，而色调上的区分不大。作画时，注意色调统一接近一些，但形体起伏的表现要清晰准确。

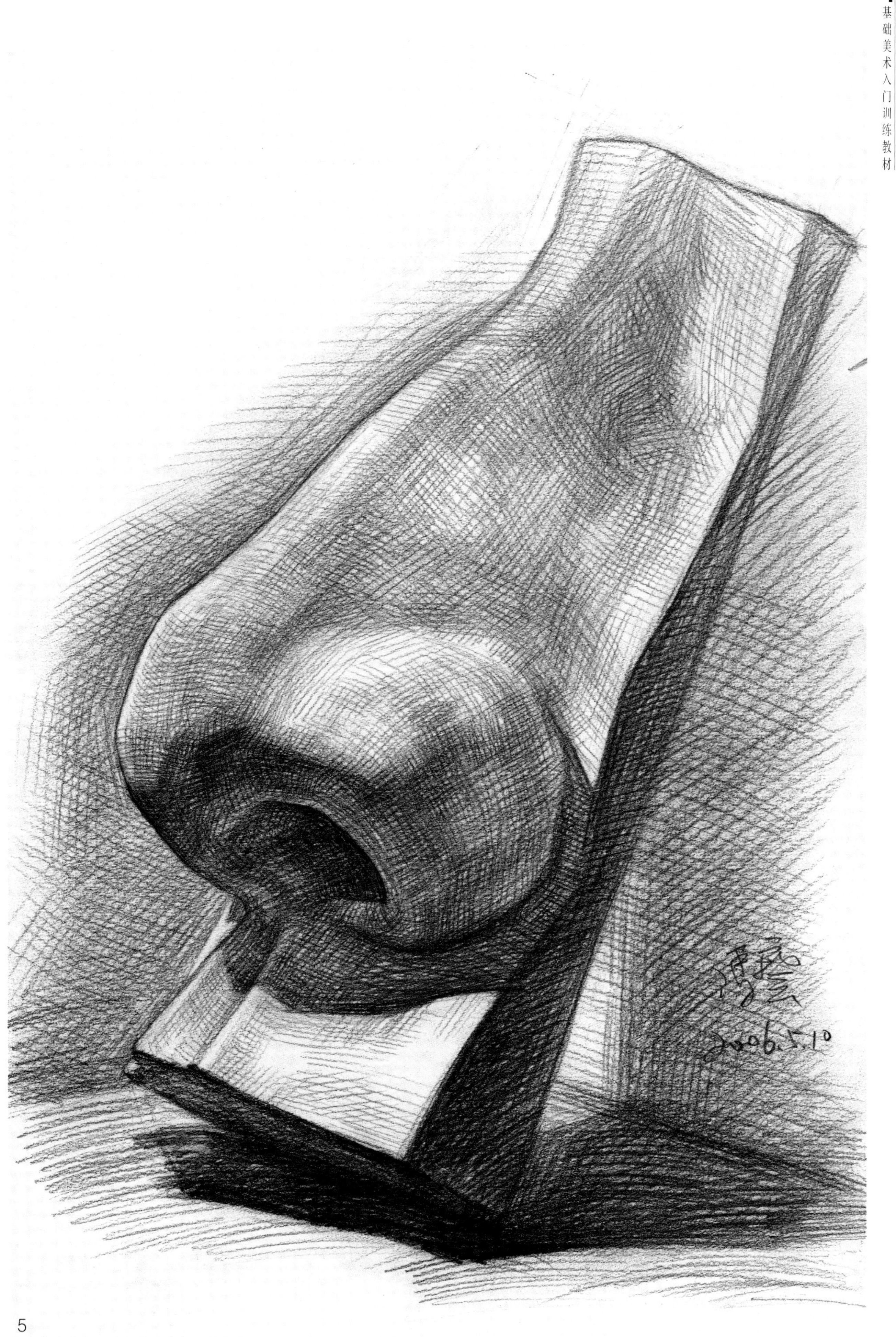
2006.5.10

不同角度耳朵的画法

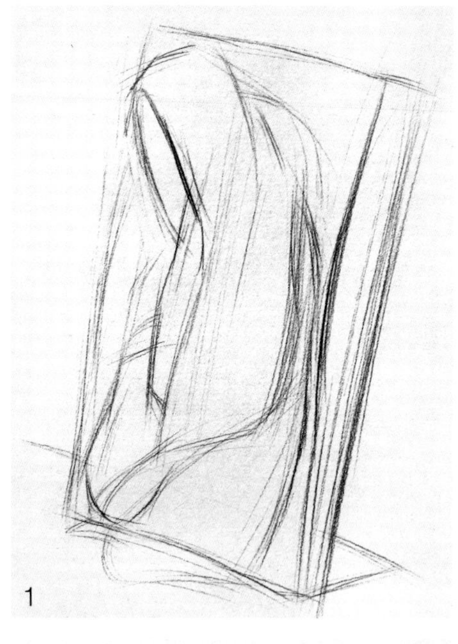
1

外耳轮结构线的转折变化反映出物体转折面在方向上的变化，从顶面→垂直面→底面，注意其相应的色调变化。

远去的轮廓的对比可以减弱些，以体现空间感。

虽然看到的角度很小，也要表现出它的圆柱体的形来。

把暗面的色调画淡些，来使形体变化的内容增强。色调太深则容易显得空洞无物。

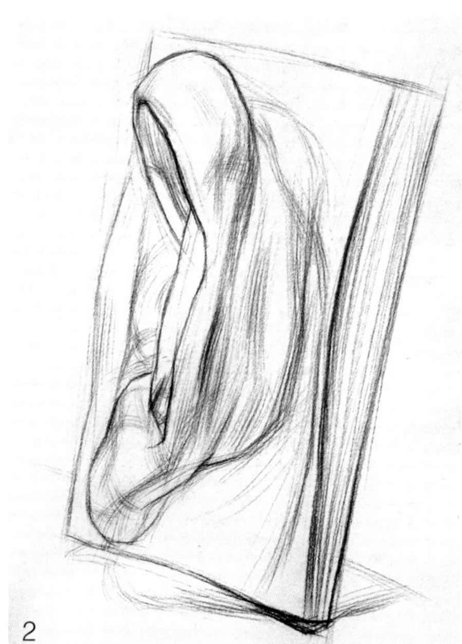
2

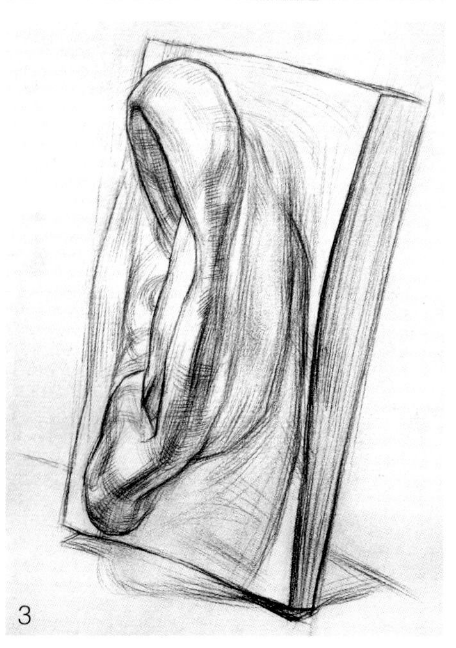
3

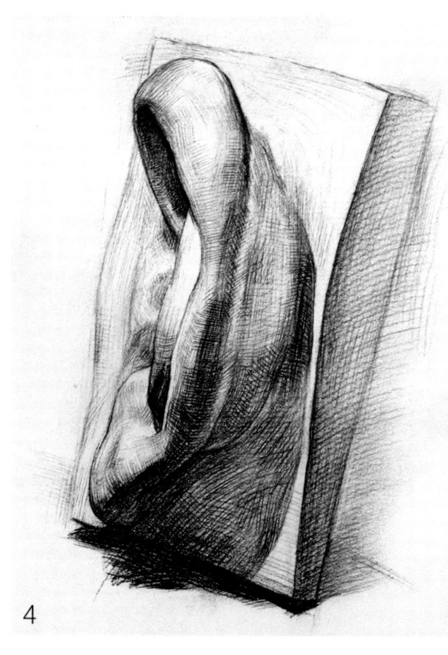
4

1. 先利用底座把透视变化画出来，再把耳朵的形及其比例关系确定下来。

2. 这个角度看似简单，其实比正面的耳朵更难画，因为很多的结构线被遮挡了，整体形象需要依推理来帮助完成。

3. 暗面的面积太大，所以把暗面色调画得比实际看到的更淡点，以方便塑造形体的变化。

4. 外耳轮虽然细长，但也要注意其厚度的表达。

5. 横向塑造形体的用线短些，可以使形体感觉更准确，但它得服从纵向线条耳朵的走势。

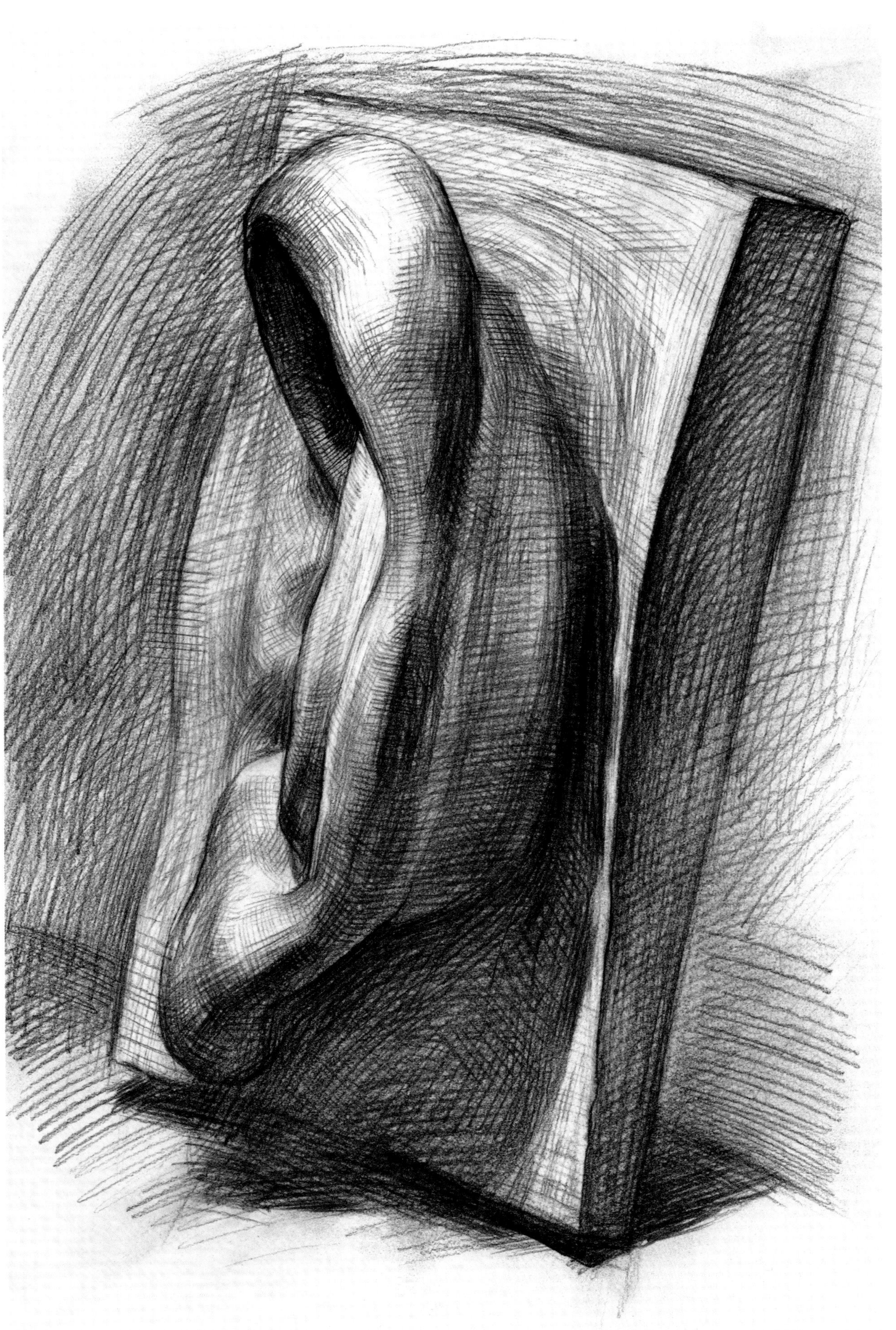

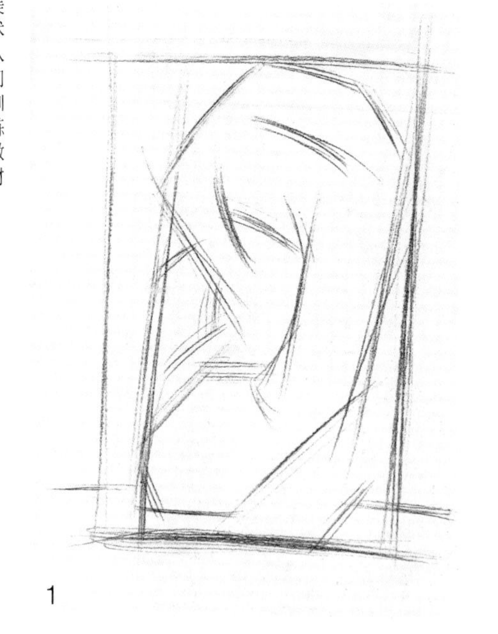

1

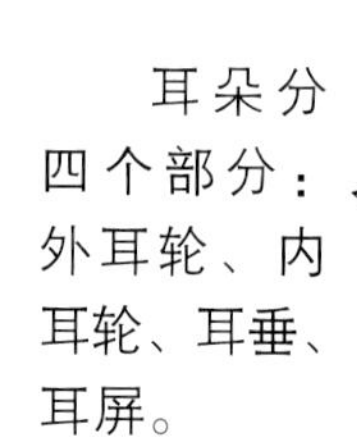

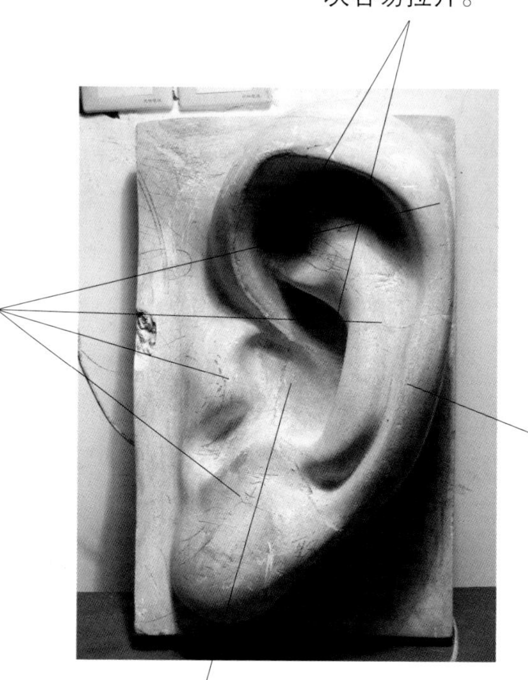
对比最强的轮
廓线要画深些，层
次容易拉开。
耳朵分
四个部分：
外耳轮、内
耳轮、耳垂、
耳屏。
最高点
要突出来。
找到最低点。

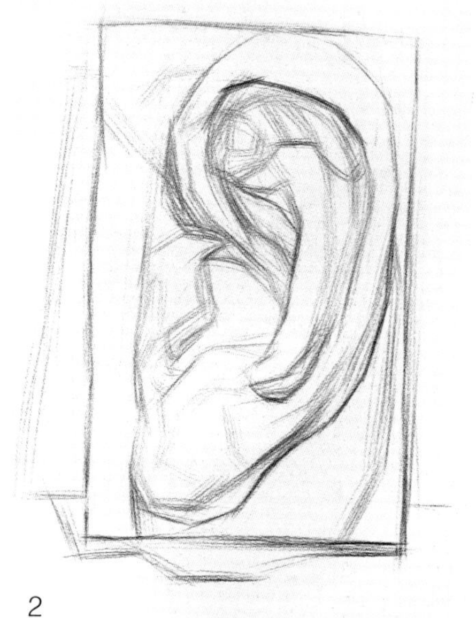

2

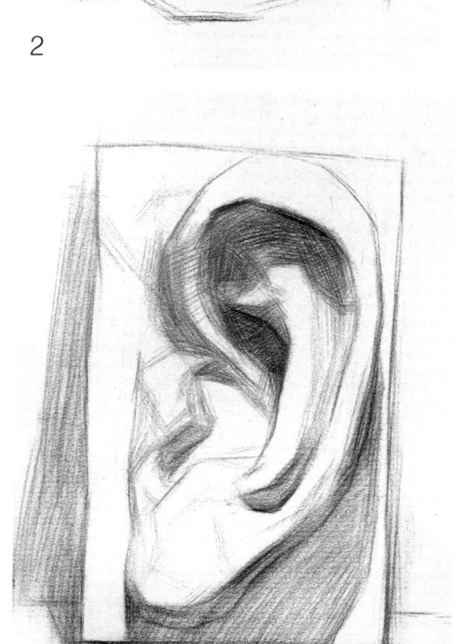

3

1. 它的外形并不复杂，像三角形，被归类后的外形，总会显得容易抓准。

2. 在五官中耳朵的结构比较单一，同时又复杂，像螺蛳的结构特点，不学会用面去主观归纳，就很难找到它大的体积特征。

3. 上明暗色调时，可以适当减弱亮部里的深色，以保持整体的色调统一，避免“花”的问题。

人物侧面写生时，耳朵的重要性很大，它是人的侧面最明确的形和最高的形体，所以是刻画的重点。耳洞是耳朵最远的空间部位。

4. 耳朵的正面，其难点在于它的结构线曲折多变，会掩饰了对耳朵厚度的关注，如果不注意，很容易画得单薄。表现耳朵的空间感，就是将最低点和最高点拉开来。

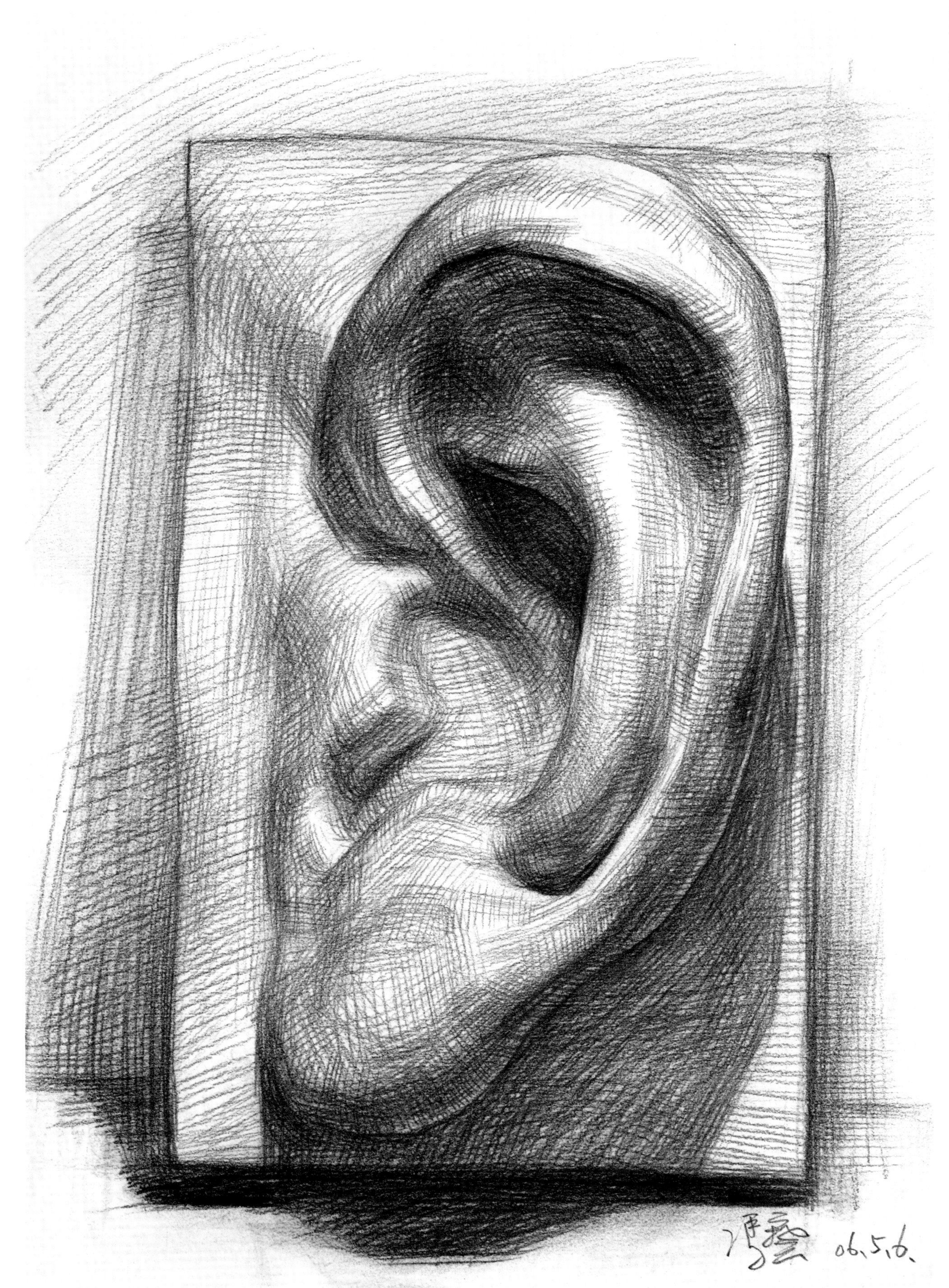
06.5.16.

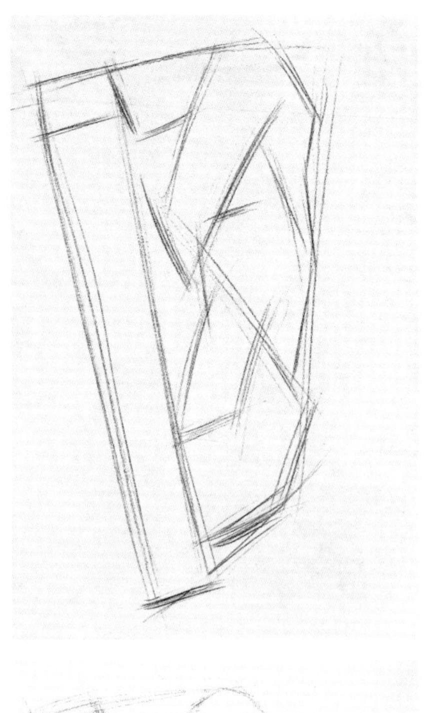

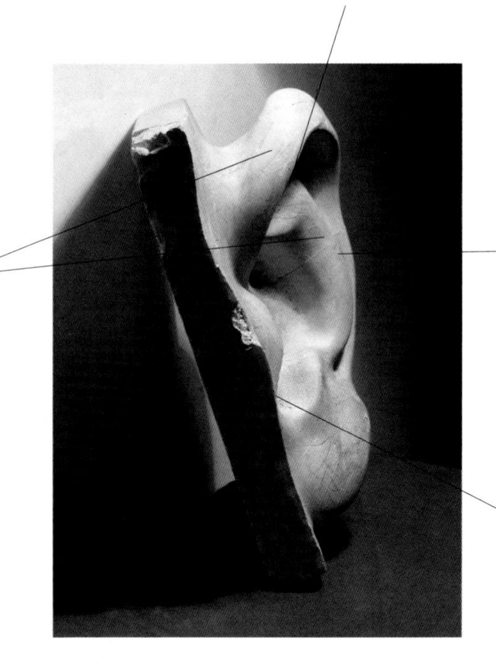
有纵深变化
的轮廓线要画出
虚实变化来。
远去的轮
廓线要减弱，加
强纵深的空间
感。
加强这条
边线的对比，就
可以表现一个画
面场景的层次。

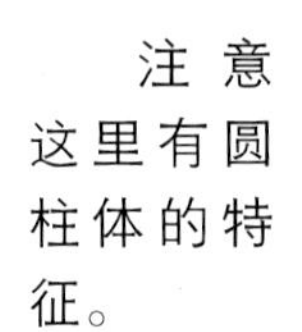
注意
这里有圆
柱体的特
征。

2

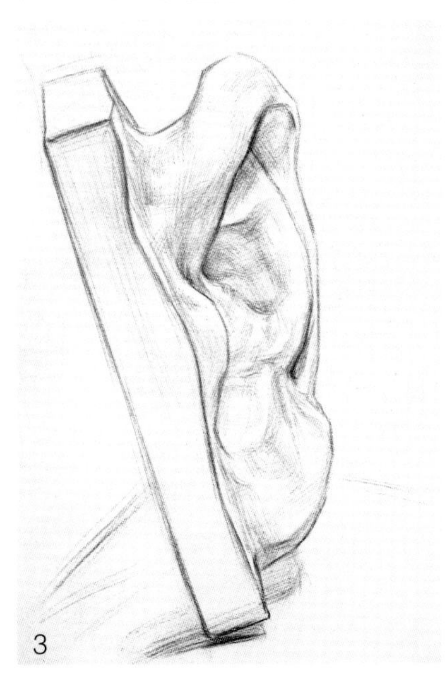

3

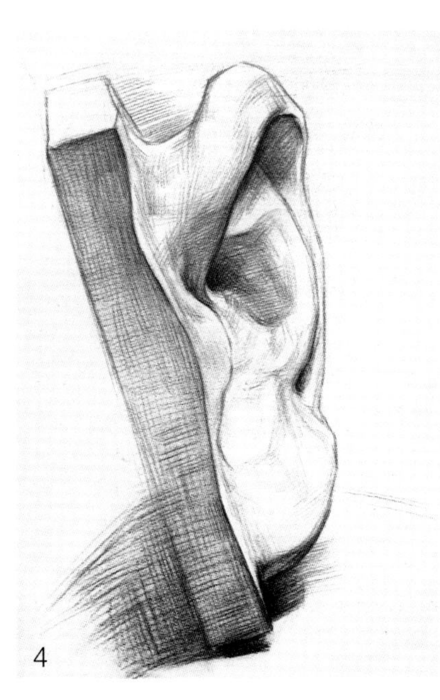

4

1. 在结构上，耳朵分四个主要部分：内耳轮、外耳轮、耳屏、耳垂。分类后的耳朵显得好画得多，并不显得复杂。

2. 由于其位置总是处在正面写生时的偏僻处，并且常常被头发遮挡，作画者从心理上往往并不重视它，实际上这成了了解耳朵的难度 。

3. 人物正面写生时，耳朵虽然不会是刻画的重点，但结构交待不容出错。侧面写生时，耳朵的重要性很大，它是人的侧面最有明确形和最高的形体，所以是刻画的重点。

4. 注意空间前后的纵深表现，利用轮廓线的相互遮挡，穿插表现前后关系。

5. 所有的形体都需要从横向、纵向两个方向来分析，表现其体面的转折变化。

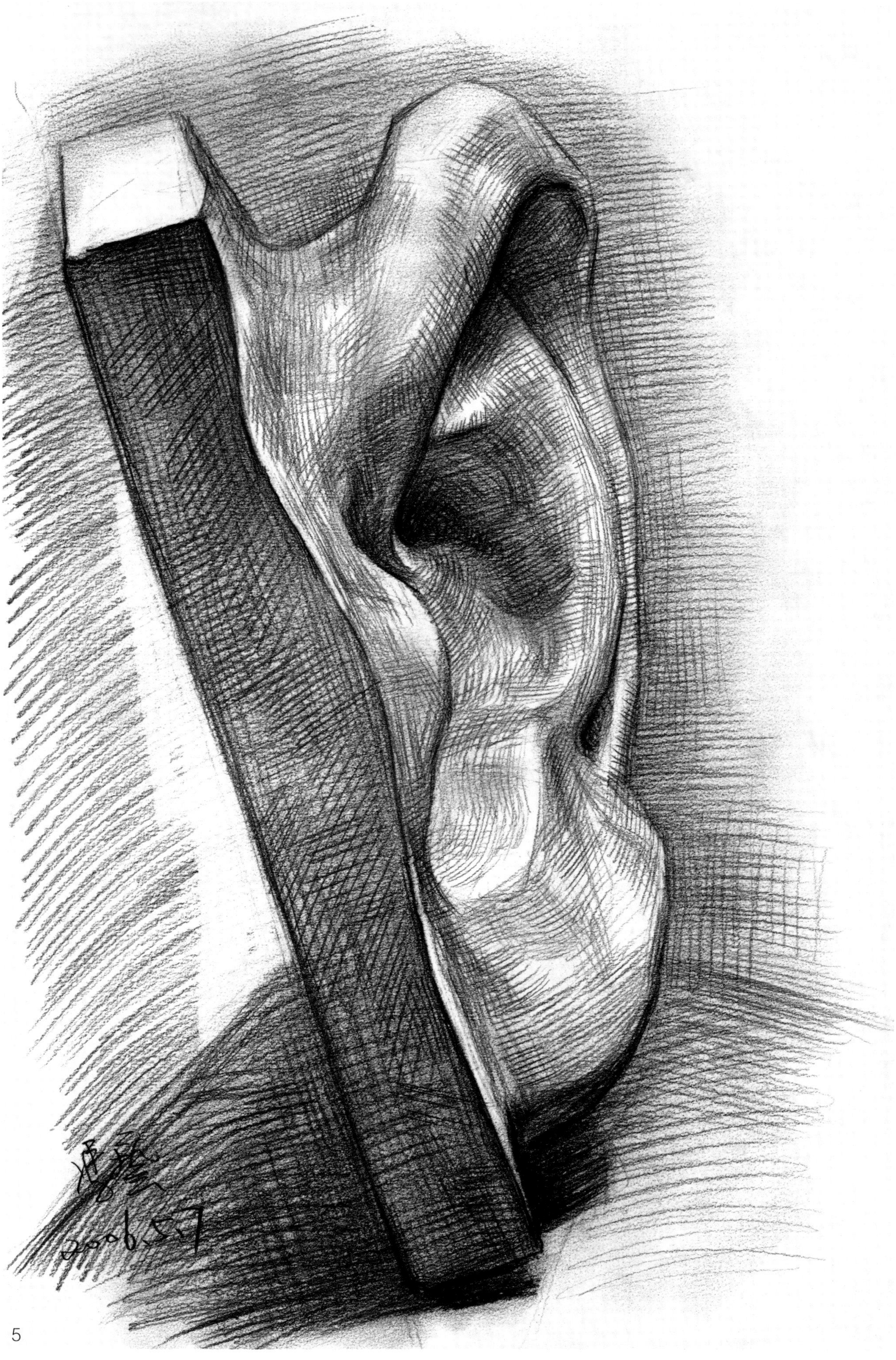

石膏五官的结构画法

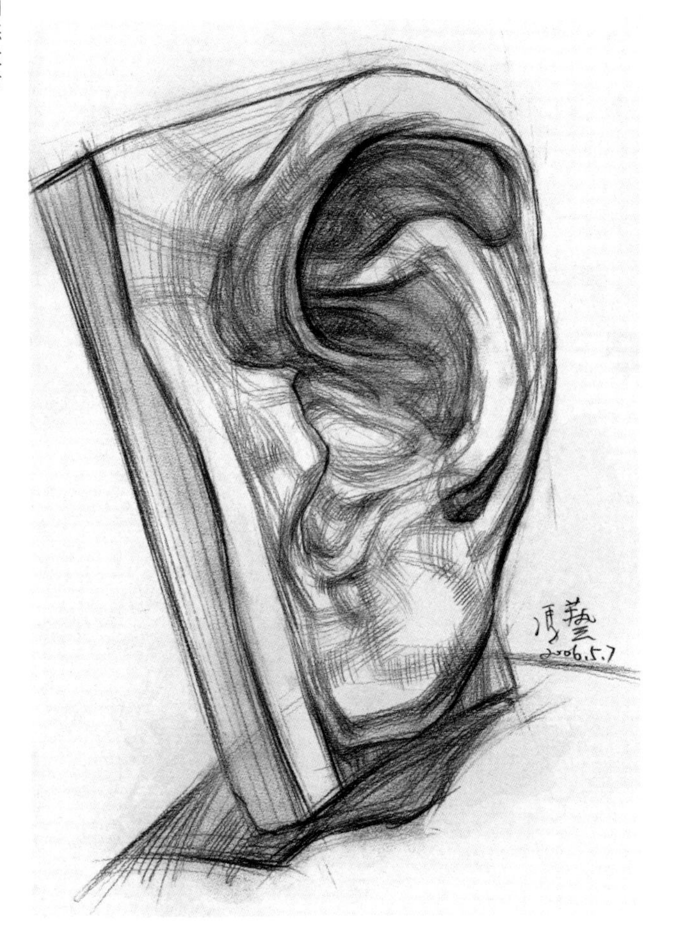

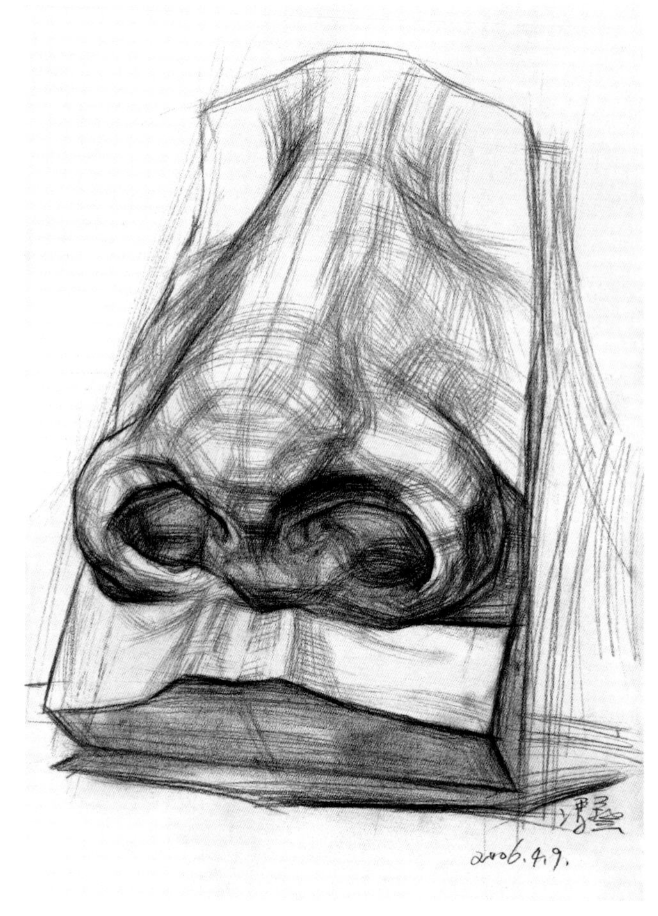

通过轮廓线的前后穿插变化，体现出空间上的前后关系。

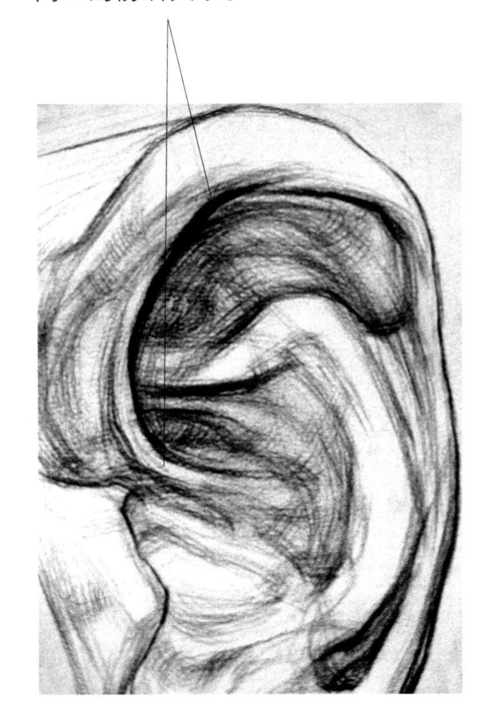

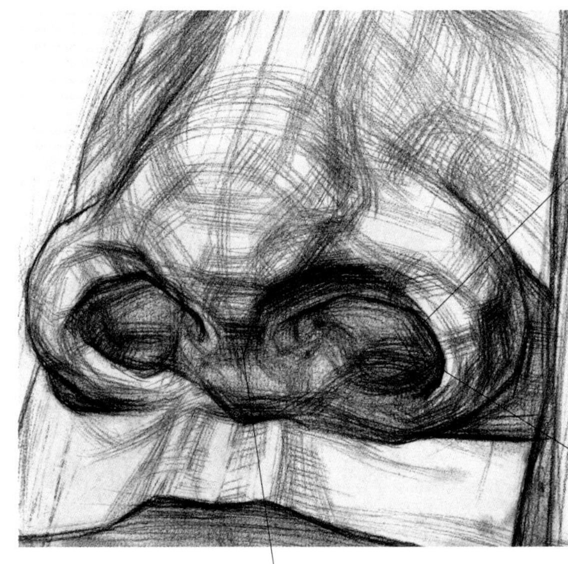

鼻翼也有厚度。

鼻孔的轮廓线有丰富的变化，它是鼻头和鼻翼的一部分轮廓。

鼻中膈也是由若干个“面”组成的，有正、侧面关系，横向、纵向都有转折上的变化。

▲观察局部，可以使我们更深入地了解物体的本来面目

凹下去的地方显示出来，会衬托凸出来的地方。

嘴唇的厚实也体现在这种很窄的转折面中。

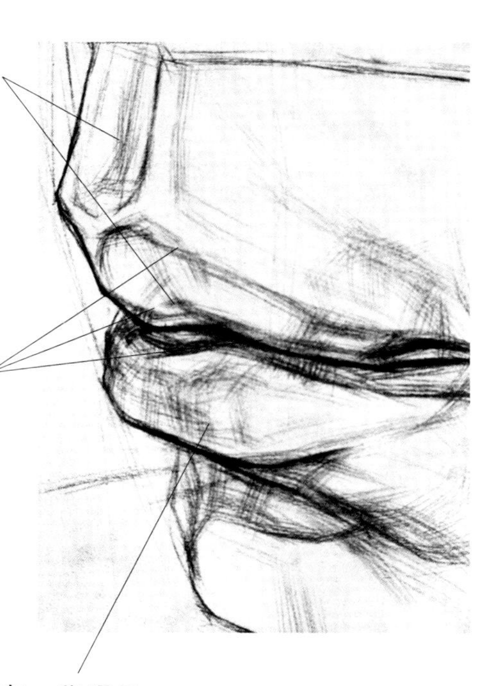

在一些明显凸出的地方排线分面使它突出。

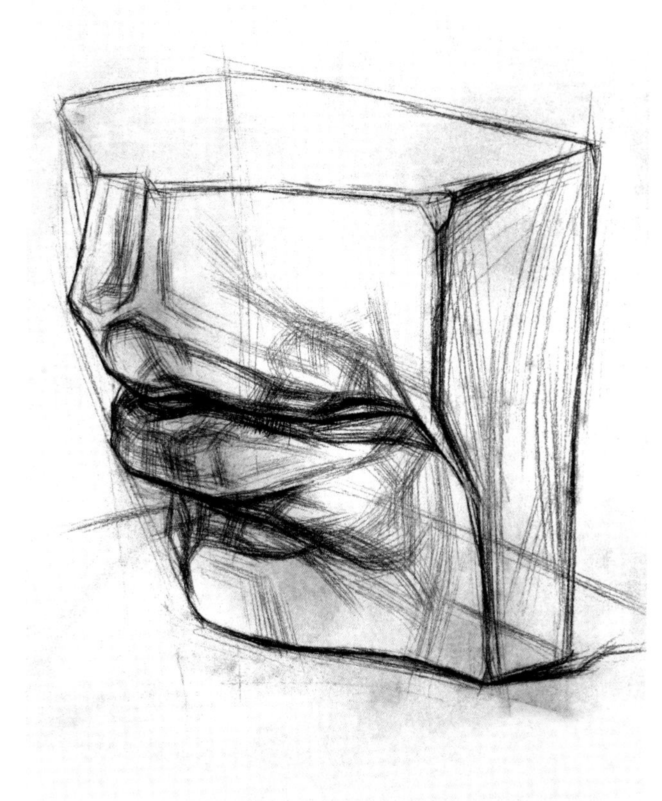

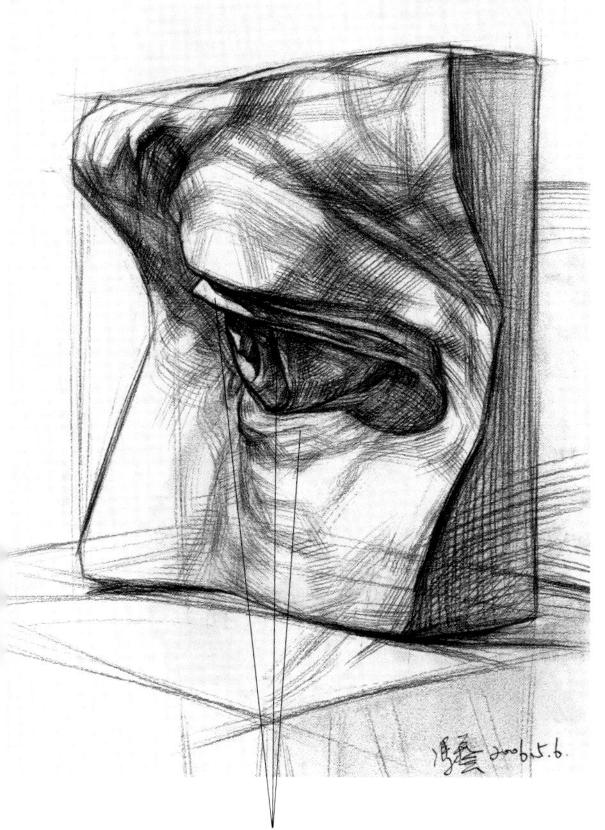

仔细观察那些平常不容易看到的厚度变化。

认真找出结构间的交界线的变化，可以使形象生动逼真，因为它的合理性会使人信以为真。

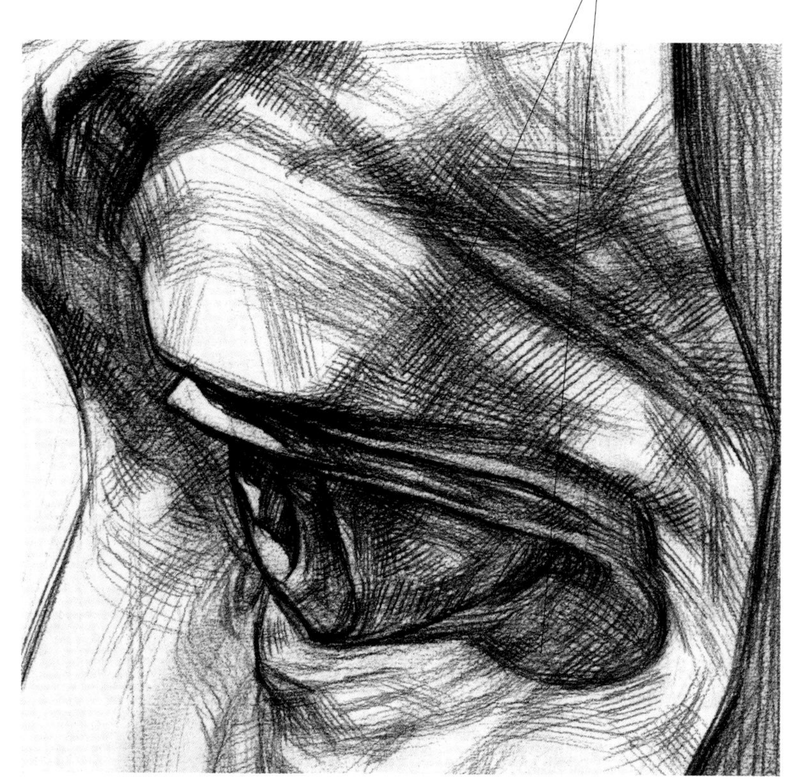

石膏半面像的画法

亚历山大

取接近平视的角度，因为可以显出该形象的独特外形和内在表情的神韵，这是画面的目的。画面的整体效果是通过明暗关系的整体来表达的，但画面真正的意图不是表现明暗关系，而是形体特点和人物特征，线条和明暗只是手段。

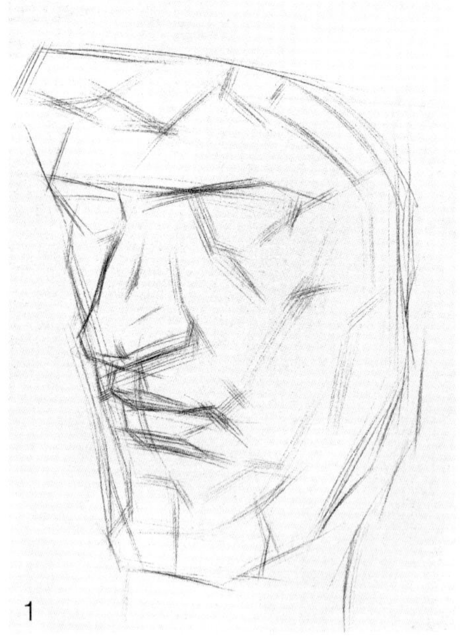
1

在暗面的形体要画得含蓄而准确。

画面最深的暗面配上周围最亮的面形成对比最强的部分。

亮面的结构要画明白，但色调要浅，要体现它与光源的角度关系。

胡子和头发要进行归纳、概括，否则容易画得混乱，缺乏层次感，画它们的时候与五官对照、比较，不要抢了五官的风头。

2

3

4

1. 横向的透视线和竖向的中线，一开始就要找准，否则，所画的形一直都会觉得别扭，这种感觉还会因此而吞蚀自己的自信心。

2. 对称性也是形的重要特征。五官和肌肉、骨骼，不论你看得到还是看不到的角度，它都存在着对称性。想使你的形画得好就别忘了它。

3. 再多的头发和胡子都不用怕，只要你懂得采取步骤，简单归纳分类，逐步细化，就可以轻而易举地完成非常复杂的物体。

4. 排线的方向可以准确表现出圆形的肌肉和方形骨骼的起伏感觉。

5. 亮面和暗面里的结构形体要服从明暗色调关系，以保持画面简明统一的效果。

2006.4.3.

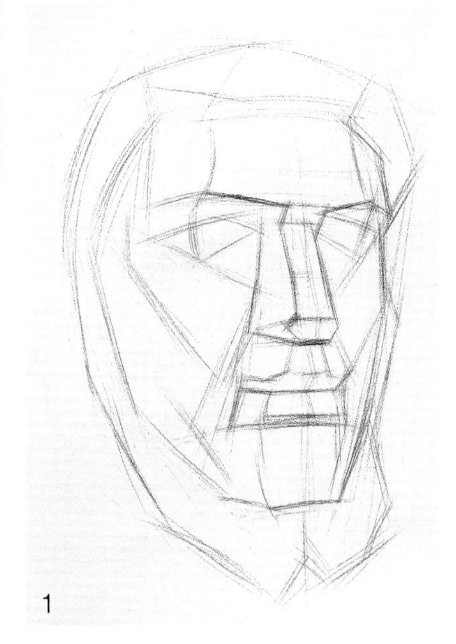
1

“分面”像的目的是为画真人头像服务的，是培养用“面”去观察人物头部在体积上的特征，特别是对圆形的物体（由于它的形体转折方向感不明显）进行主观上的“面化”处理，让我们能够感觉其明显的转折过渡，使体积的构成显得容易理解和掌握。分面像，不是画头像的目标，它只是过程和手段，所以作画时应该把它与半面像联系起来分析，会更容易理解它的作用。在训练过程中，如果有了对半面像的视觉感受后，再结合对分面像的理解分析，会对形象的体积构成理解得更好。

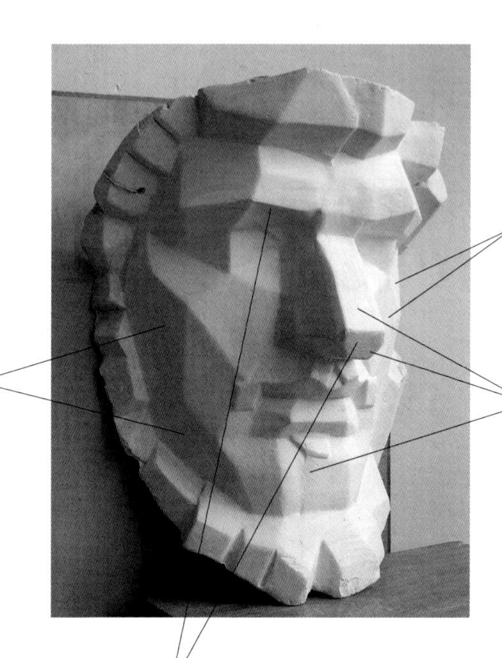

暗面的形体塑造可以画得松动些，比亮面形体画得虚一点。

不同色调的面说明了任何一个形体都需要用各种不同的色调来表现。

色调的不同起因于它与光源的照射方向产生了角度。

鼻子和眉弓离我们最近，离光源也最近，所以它们的对比也最强。

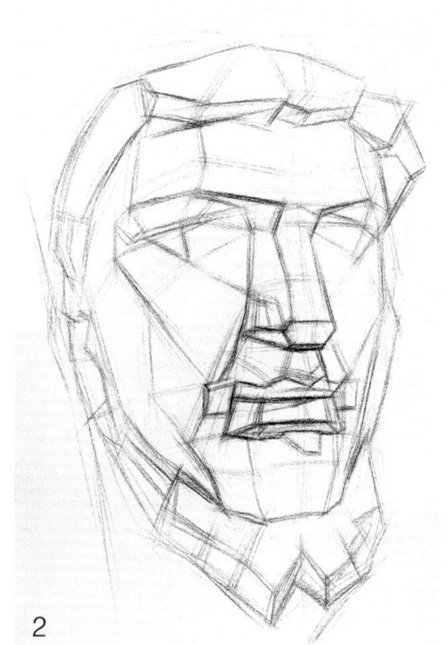
2

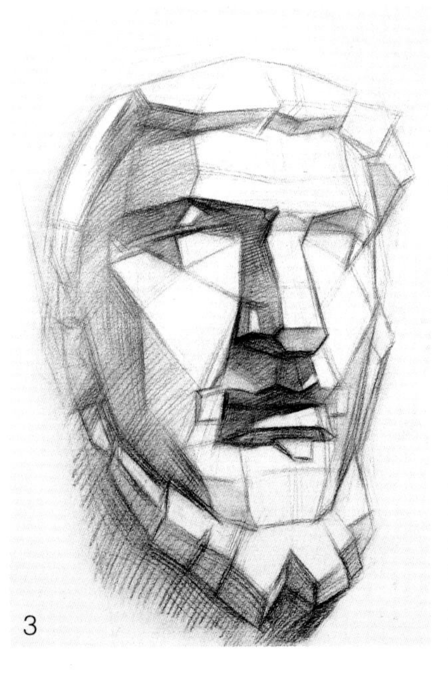
3

4

1. 分面像与半面像相比，满脸的块面令人不是很习惯，如果能突破这一点，收获一定会很大。

2. 利用对称性来画这些块面，并把它想象成真实的结构，会更有感觉些。

3. 注意归类，很多的灰色块面看起来色调相差不大，容易画得混乱，但它们还是有倾向暗面的和倾向亮面的，试着去分开它们。

4. 如果把看得清的转折线都画清楚，那么画面一定会很刺眼，因为有那么多的块面，这时能找出主要的转折线来，还是有必要的。

5. 按照主次关系和前后关系，分出形体明暗对比的次序感。

贝多芬

低垂的眼帘，紧闭咬紧的嘴，面色凝重，似乎有一种激情等待爆发。当对象处于一种激烈的情感状态中时，这个因素会占据画面表现的主导地位，其他如：空间、明暗、体积等要素退居次要，成为表现的手段。

1

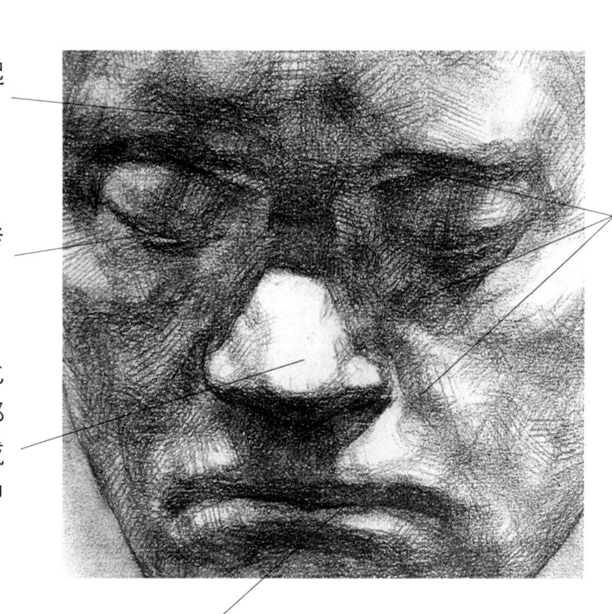

皱起的眉头。
低垂的眼睛。
对比最强的部分，形成了视觉中心区。
结构线的强弱变化，是形的变化，同时也是体面转折线的变化和明暗色调对比的层次变化。许多关系交织在一起体现了丰富性，形成了画面氛围。
表情坚定的嘴，牵动了附近相连的肌肉的运动。

2

1. 用直线抓形，比较适合对象外形和性格的特点：坚定和内敛。弧线则更多用于优美形象和肉感的形体。

2. 当对象处于低头动作时，相当于俯视角度，留心透视线的弧度变化。

3. 只有先让明暗对比拉大，明暗效果才能一直保持明确，利用后面深入塑造产生的灰面来协调画面。当存在多个明暗对比强烈的部位时，注意它们的对比度不要雷同，首先抓最强烈的部位，再逐渐减弱，其他部位分出次序。

4. 深入塑造时，可以尝试一个个结构单位的局部完成，集中精力在单位时间里解决某一个结构的深入问题，来使结构明确和准确。

5. 面部围绕五官的部分是难点，层次较多，需要用笔虚中有实，但是不能忘记大的形体关系，否则塑造的细节会使画面支离破碎。

3

4

罗马王

取仰视角度以显示其伟岸、大度的品格和王者之气。面部神情和颈部的动态，含而不露，画时要把握分寸。

1

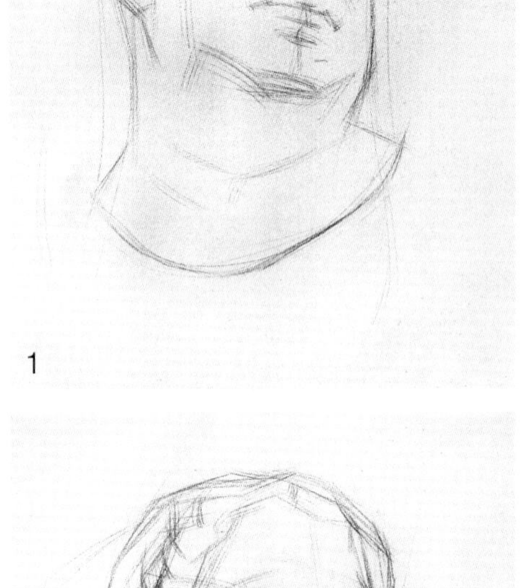

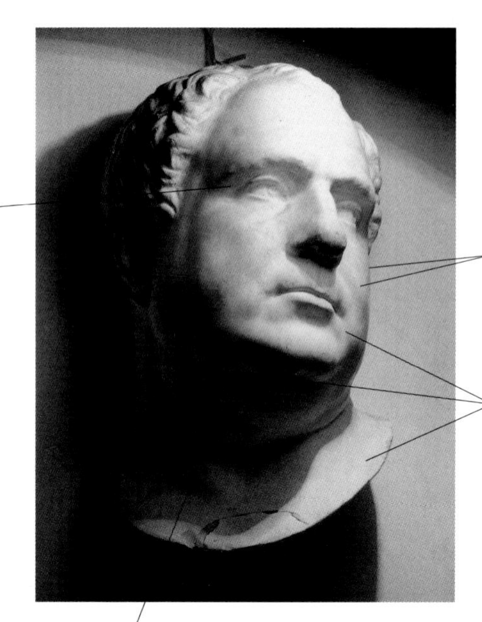

可以稍稍强化动态透视线，使视觉效果更强烈。
外轮廓形与内形共同形成一个结构形象，所以要把它们联系起来观察。
头、颈、肩三者构成对象的动态特点。
暗面的肌肉应画得形体准确，而对比含蓄些，这样就更容易使画面协调统一。

2

3

4

1. 透视线可稍夸张些，形象显得精神。

2. 当形象的肌肉比骨骼更多时，起稿要用直线，以免形象感觉松软，欠缺硬朗。

3. 外形要与内形结合起来看，这样会强化对形的整体感觉。

4. 面部肌肉的松紧、高低，结构线忽隐忽现，给画者制造了难度。画的过程，需要反复调整和修改。习画者能在这种反复中锻炼塑造形体的能力，逐渐明白画理。

5. 最后阶段，塑造要根据人物表情的需要来把握分寸。脸上的肌肉缺少骨感，容易画得松弛，所以多用一些倾向于直线的线条塑造，可以避免这个问题。

2006.5.21

哭娃

即使在暗部，也不应该忽视肌肉结构的准确表现，否则只剩下颜色的形象会显得空洞。“自始至终围绕着用形状表现肌肉，用肌肉表达表情”，胜过抄写色调和形状，这就是“描形”与“画形”的区别。

1

2

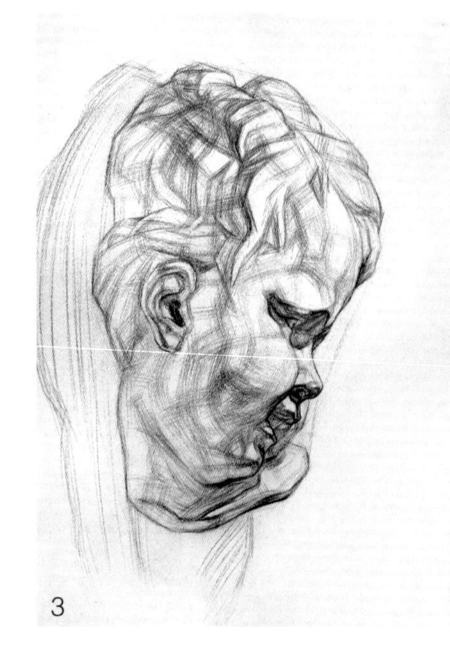

3

暗部面积太大，注意色调不要太深。

明暗交接线画得连贯、整体，但又要在对比上显示丰富，有方有圆，有深有浅，有实有虚。

明暗交界线是画面中对比最强的部位，同时它也是整个头部最凸出的部位，所以容易表现出体积感来。

某些结构形，不能因为视角原因看到得很少，就忽视它，这恰恰是抓形时存在的陷阱。忽视它们就容易引发形的（对称性和透视角度的）问题。

4

5

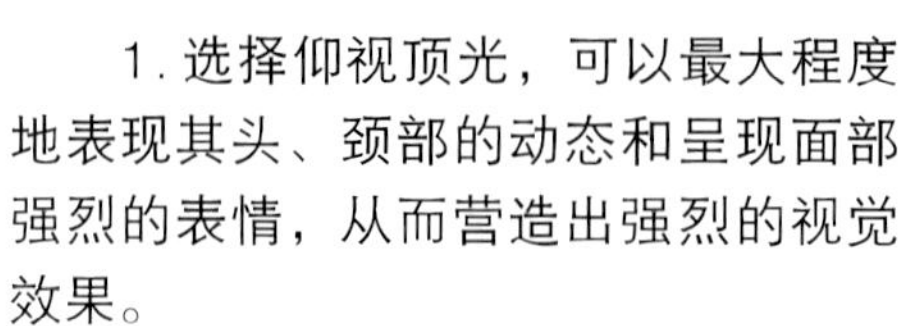

1. 选择仰视顶光，可以最大程度地表现其头、颈部的动态和呈现面部强烈的表情，从而营造出强烈的视觉效果。

2. 如果人物动态强烈，画的时候不妨再稍加夸张，会有推波助澜的效果，相反，动态会有消退的趋势。

3. 强烈的明暗画面，需要一开始就在明暗交界线处拉开明度对比，随着画面的深入，增加的灰色调会使之协调。

4. 深入时，从明暗交界线入手，向暗部和灰部延伸，容易尽快看到画面效果，因为明暗交界线是对比最强，也是形体最高的部位。

5. 各结构形组成整个头部的球体特征，只有当这些要素在画面中协调统一时，人物形象特征才会更容易被突出。

6. 按照主次关系和前后关系，分出形体明暗对比的次序感。

2006.5.17

勇士

动作影射出地位的低下，而唯美的体态却传达出艺术的美感特征。身体扭曲而不痛苦，肌肉显示出健康，使我们能在描绘时享受到美感带来的愉悦。

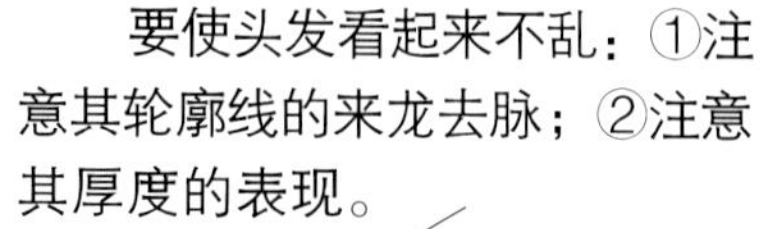

要使头发看起来不乱：①注意其轮廓线的来龙去脉；②注意其厚度的表现。

透视动态线千万不要画平了，宁可加强斜度。

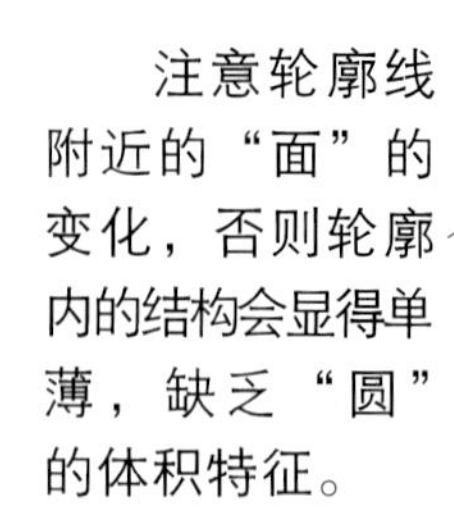

注意轮廓线附近的“面”的变化，否则轮廓内的结构会显得单薄，缺乏“圆”的体积特征。

1

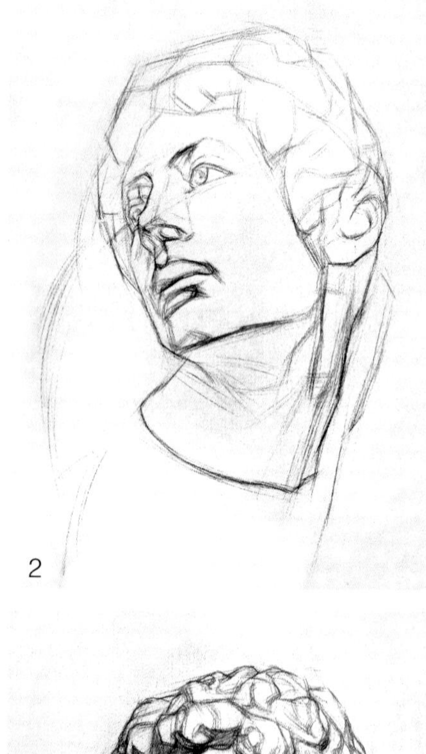

2

3

4

5

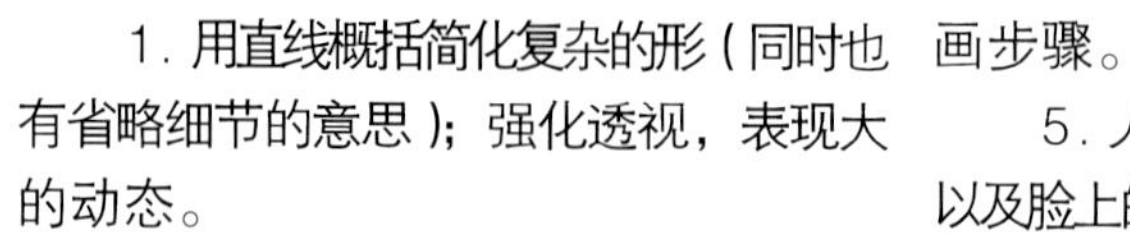

1. 用直线概括简化复杂的形（同时也有省略细节的意思）；强化透视，表现大的动态。

2. 通过对五官用线的加重，使五官突现；抓准眼和嘴的形，表现其内心活动。

3. 细化头发的塑造，增强质感就是增强真实性，同时也增强画面视觉效果。

4. 脸部主要结构跟上塑造，以协调作画步骤。

5. 人物的精神状态，通过五官动态，以及脸上的肌肉结构表现出来。合理塑造头发，使之在整个头部的球体中。这两点是该画的重点、难点。

6. 局部：塑造面部的形象特征，特别是人物精神状态的特征。专注的眼神，微张渴求的嘴，是整个画面的重点。

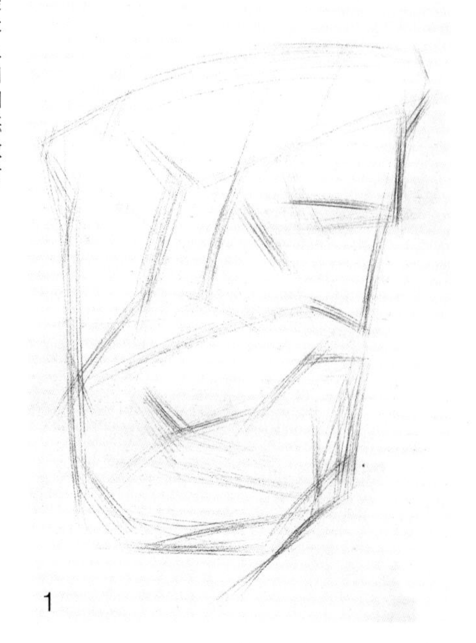
1

摩西

该作品体积感很强，能够为画真人头像打下很好的基础。

暗面的面积并不小，用稍长一些的线条把暗面（包括投影）淡淡地铺上一层色调。

呈现出明暗整体效果。除明暗交界线外，其他地方一律不作刻意的对比和区分。

从明暗交界线处开始画，向暗部、灰部延伸色调，目的则是把主要的结构塑造出体积。

2

3

4

1. 确定对象的比例大小。

2. 看看它在画面中的构图是否饱满，给对象作简单的概括和归纳。

3. 在原有简单形的基础上，作深入一些的概括。

4. 仍然是类几何形。注意对象头部动作有些前倾。

5. 这一步骤的基本形没有大的误差了，可以一步到位地把细微的变化肯定下来。明暗交界线和五官的用线要强烈。把重要的细节画清楚，使整个形象完整突出。